直奔英雄 高階 日語 N1

水平翻倍的156個關鍵技巧

圖解 比較 文法

吉松由美、西村惠子、田中陽子、林勝田、山田社日檢題庫小組◎合著

日語精通，商務獨立，職場適應，日檢高分

日語文法進化之路：
探索日本新聞雜誌、商務會議
日檢N1文法的156個奧秘！

本書運用「關鍵字＋雙圖比較記憶」策略：
豐富多彩的插畫與雙文法對比，
幫助您排除困惑、輕鬆學習、自然而然地銘記！

山田社

日語文法進化之路：
探索日本新聞雜誌、商務會議、文學經典、對話遊刃有餘、日檢 N1 文法的 156 個奧秘！

本書就是要讓您：

1. 升級日語神速：高階文法讓您脫穎而出，快速進入日本職場！
2. 日語達人秘笈：高階文法助您輕鬆應對日本商務會議，達成目標！
3. 日本生活不求人：掌握高階日語文法，讓您自信應對日常生活！
4. 日語高手之路：各個高階文法技巧，輕鬆閱讀日本文學經典！
5. 日語大師教您：超級高階文法攻略，讓您遊刃有餘地與日本人交流！
6. 日語階梯逐步攀登：高階文法為您打開日本社會、文化的大門！
7. 日語能力考試通關密技：N1 文法助您輕鬆拿下高分！

　　為了滿足您的實際需求，本書運用「關鍵字＋雙圖比較記憶」策略：豐富多彩的插畫與雙文法對比，幫助您排除困惑、輕鬆學習、自然而然地銘記！

　　舉例來說，在日語文法中，有相似的文法項目：「にかこつけて」（以…為藉口）、「にひきかえ」（與…相反）：

にかこつけて（以…為藉口）：關鍵字「原因」→凸顯「以前項為藉口，進行後項」的概念。

にひきかえ（與…相反）：關鍵字「對比」→凸顯「前後兩項截然相反」的概念。

例句：

就職にかこつけて、東京で一人暮らしを始めた。

／借著找到工作的機會，在東京展開獨居生活。

男子の草食化にひかえ、女子は肉食化しているようだ。

／相對於男性變得越來越被動和消極，女性似乎正在朝著更加主動、積極的方向發展。

　　除了例句外，還附有直觀的插圖，生動地展示差異。搭配文字解說和關鍵字，有助於迅速理解、明確區分和比較，不再死記硬背，直接印入記憶！

─| 精彩內容 |─

■ **魔法般的關鍵字法，讓學習文法如同喝下一口，令人神采奕奕的煉金藥劑！**

　　選擇正確的學習方法，將讓您更迅速地掌握更多知識。本書特別選取了 156 個高級文法項目，每個項目都附有關鍵字加持。這些精選的字詞將龐大的資訊量濃縮

成易懂的簡單形式，宛如打開知識寶庫的神奇密碼。只需記住這些關鍵字，您便能在瞬間回想起整個文法結構。換言之，這個獨特方法將讓您用更少的時間取得更大的學習成果，不僅節省了您的腦力，還能讓您輕鬆愉快地掌握文法。讓這本書的魔法關鍵字法為您的學習之路增添無窮魅力！

■ 雙圖視覺饗宴，揭開文法奧秘，讓圖像成為您記憶的最佳伴侶！

跳脫傳統課本文法束縛，激發您的文法直覺力！我們精心挑選了每個文法中最具挑戰性、容易令人混淆的相關概念，並在詳細的例句解說之外，獨家提供312張「一對插圖對照」。這些插圖巧妙地揭示了文法概念之間的細微差異，把抽象知識具象化，讓您輕鬆掌握文法要領。

透過深入理解和右腦圖像記憶的結合，您的日語學習將更有效率，讓您大呼「再見，死背文法！」。立即擁抱這場視覺盛宴，讓您的日語文法之旅更加精彩！

■ 14 章功能分類精彩連環，文字簡潔鋒利，直擊核心！

為了鞏固您的文法記憶基礎，確保每個文法項目都被清晰明確地掌握。本書根據不同的功能，如時間、目的、可能、程度、評價、限定、列舉、情感、主張等，巧妙地將文法項目整理成14個引人入勝的章節。每個章節都運用簡潔有力的文字，直指文法項目的意義、用法和語感等細微差別，讓您在學習過程中不再迷惘，輕鬆掌握重點。

這本書將使您在考試中別具一格，不再只懂得一知半解，而是能夠迅速地在題目中找到正確答案，輕鬆取得日檢高分！讓這本書成為您攻克日語文法之路的得力助手，讓學習之旅更加精彩！

■ 精彩的文法闖關挑戰，實戰驗證學習成果！

為了讓您的記憶更加深刻，提升應用能力，學完文法概念後，最關鍵的就是親自投入實戰練習！在每個章節結束後，我們特別設計了豐富的考題，以刺激性的五關斬六將形式呈現。答對每一題就像闖過一關一樣，不斷累積您的實力分數。

讓您在學習的過程中充滿樂趣，從講解到練習題都能獲得最大的效益。用最具創意的方式驗證您的學習成果，讓您在日語文法的道路上無往不利！

本書極具吸引力，廣泛適合日語愛好者、大學生、碩博士生、日本語能力考試的考生，以及赴日旅遊、生活、研究、進修人士。日語翻譯和教師們也可以將其作為寶貴的參考資源。

書中還特別附上日籍老師親自錄製的 QR Code 線上朗讀音檔，讓您在學習過程中深入體驗日語的標準發音。輕鬆掃描，隨時隨地聆聽，充分利用零碎時間提升自己的實力，鞏固聽力基礎。

本書精心策劃，為您考慮周到，提供最全面、最完善的日語學習體驗。讓您的日語實力突飛猛進，驚艷四座！

第1章 ▶時間、期間、範圍、起點

時間、期間、範囲、起点

第2章 ▶目的、原因、結果

目的、原因、結果

第3章 ▶可能、預料外、推測、當然、對應
可能、予想外、推測、当然、対応

第4章 ▶様態、傾向、價值
様態、傾向、価値

第5章 ▶程度、強調、輕重、難易、最上級
程度、強調、軽重、難易、最上級

話題、評価、判断、比喩、手段

限定、無限度、極限

列挙、反復、数量

第9章 ▸附加、附帯

付加、付帯

第10章 ▸無關、關連、前後關係

無関係、関連、前後関係

MEMO

N1

Bun Pou Hikaku

Chapter

1

★★★★★

時間、期間、範囲、起点

1　にして	8　そばから
2　にあって（は／も）	9　なり
3　まぎわに（は）、まぎわの	10　この、ここ〜というもの
4　ぎわに、ぎわの、きわに	11　ぐるみ
5　を〜にひかえて	12　というところだ、といったところだ
6　や、やいなや	13　をかわきりに、をかわきりにして、
7　がはやいか	をかわきりとして

🎧 **Track 001**

1 にして
(1) 是…而且也…；(2) 雖然…但是…；(3) 僅僅…；(4) 在…（階段）時才…

接續方法 ｛名詞｝＋にして

意思 1

【列舉】 表示兼具兩種性質和屬性，可以用於並列。中文意思是：「是…而且也…」。

例文 A

かのじょ じょゆう にん こ ども ははおや
彼女は女優にして、5人の子供の母親でもある。

她不僅是女演員，也是五個孩子的母親。

意思 2

【逆接】 可以用於逆接。中文意思是：「雖然…但是…」。

例文 B

しゅうきょう か ぜいたく ひとびと きょうかん え
**宗教家にして、このような贅沢が人々の共感を得られ
るはずもない。**

雖身為宗教家，但如此鋪張的作風不可能得到眾人的認同。

意思 3

【短時間】 表示極短暫，或比預期還短的時間，表示「僅僅在這短時間的範圍」的意思。前常接「一瞬、一日」等。中文意思是：「僅僅…」。

大切なデータが一瞬にして消えてしまった。

重要的資料僅僅就在那一瞬間消失無影了。

意思 4

【時點】 前接時間、次數、年齡等，表示到了某階段才初次發生某事，也就是「直到…才…」之意，常用「名詞＋にしてようやく」、「名詞＋にして初めて」的形式。中文意思是：「在…（階段）時才…」。

例文 D

男は 50 歳にして初めて人の優しさに触れたのだ。

那個男人直到五十歲才首度感受到了人間溫情。

比較

● におうじて

根據…、按照…、隨著…

接續方法 {名詞}＋に応じて

意思

【相應】 表示按照、根據。前項作為依據，後項根據前項的情況而發生相應的變化。中文意思是：「根據…、按照…、隨著…」。

例文 d

働きに応じて、報酬をプラスしてあげよう。

依工作的情況來加薪！

◆ 比較說明 ◆

「にして」表示時點，強調「階段」的概念。表示到了前項這個時間、人生等階段，才初次產生後項，難得可貴、期盼已久的事。常和「初めて」相呼應。「におうじて」表示相應，強調「根據某變化來做處理」的概念。表示依據前項不同的條件、場合或狀況，來進行與其相應的後項。後面常接相應變化的動詞，如「変える、加減する」。

にして【時點】

例文D

におうじて【相應】

例文d

2 にあって（は／も）

在…之下、處於…情況下；即使身處…的情況下

接續方法 {名詞}＋にあって（は／も）

意思1

【時點】「にあっては」前接場合、地點、立場、狀況或階段，強調因為處於前面這一特別的事態、狀況之中，所以有後面的事情，這時候是順接。中文意思是：「在…之下、處於…情況下；即使身處…的情況下」。

例文A

この国は発展途上にあって、市内は活気に満ちている。

這裡雖然還處於開發中國家，但是城裡洋溢著一片蓬勃的氣息。

補充

〖逆接〗使用「あっても」基本上表示雖然身處某一狀況之中，卻有後面的跟所預測不同的事情，這時候是逆接。接續關係比較隨意。屬於主觀的說法。說話者處在當下，描述感受的語氣強。書面用語。

例文

戦時下にあっても明るく逞しく生きた一人の女性の人生を描く。

描述的是一名女子即使身處戰火之中，依然開朗而堅毅求生的故事。

● にして
在…（階段）時才…

接續方法 {名詞}＋にして

意　思

【時點】前接時間、次數等，表示到了某階段才初次發生某事，也就是「直到…才…」之意，常用「名詞＋にしてようやく」、「名詞＋にして初めて」的形式。中文意思是：「在…（階段）時才…」。

例文 a

結婚<ruby>結婚<rt>けっこん</rt></ruby>５<ruby>年目<rt>ねん め</rt></ruby>にしてようやく<ruby>子供<rt>こ ども</rt></ruby>を<ruby>授<rt>さず</rt></ruby>かった。

結婚五週年，終於有了小孩。

◆ 比較說明 ◆

「にあって」表示時點，強調「處於這一特殊狀態等」的概念。表示在前項的立場、身份、場合之下，所以會有後面的事情。「にあっては」用在順接，「にあっても」用在逆接。「にして」表示時點，強調「階段」的概念。表示到了前項那一個階段，才產生後項。前面常接「～才、～回目、～年目」等，後面常接難得可貴的事項。可以是並列，也可以是逆接。

Track 003

3 まぎわに（は）、まぎわの
迫近…、…在即

接續方法 {動詞辭書形}＋間際に（は）、間際の

【時點】 表示事物臨近某狀態，或正當要做什麼的時候。中文意思是：「迫近…、…在即」。

意思A

寝る間際にはパソコンやスマホの画面を見ないようにしましょう。

我們一起試著在睡前不要看電腦和手機螢幕吧！

補 充

〖間際のＮ〗後接名詞，用「間際の＋名詞」的形式。

例 文

試合終了間際の同点ゴールに会場は沸き返った。

在比賽即將結束的前一刻追平比分，在場觀眾頓時為之沸騰。

比較

● にさいし（て／ては／ての）
在…之際、當…的時候

[接續方法] {名詞；動詞辭書形}＋に際し（て／ては／ての）

意 思

【時點】 表示以某事為契機，也就是動作的時間或場合。有複合詞的作用。是書面語。中文意思是：「在…之際、當…的時候」。

例文 a

ご利用に際しては、まず会員証を作る必要がございます。

在您使用的時候，必須先製作會員證。

◆ 比較說明 ◆

「まぎわに」表示時點，強調「臨近前項的狀態，發生後項的事情」的概念。表示事物臨近某狀態。前接事物臨近某狀態，後接在那一狀態下發生的事情。含有緊迫的語意。「にさいして」也表時點，強調「以某事為契機，進行後項的動作」的概念。也就是動作的時間或場合。

まぎわに【時點】

例文A

にさいして【時點】

会員証を作る

例文a

4 ぎわに、ぎわの、きわに
(1) 邊緣；(2) 旁邊；(3) 臨到…、在即…、迫近…

意思1

【界線】{動詞ます形}＋際(ぎわ)に。表示和其他事物間的分界線，特別注意的是「際」原形讀作「きわ」，常用「名詞の＋際」的形式。中文意思是：「邊緣」。

例文A

日(ひ)が昇(のぼ)って、山際(やまぎわ)が白(しろ)く光(ひか)っている。

太陽升起，沿著山峰的輪廓線泛著耀眼的白光。

意思2

【位置】{名詞の}＋際(きわ)に。表示在某物的近處。中文意思是：「旁邊」。

例文B

戸口(とぐち)の際(きわ)にベッドを置(お)いた。

將床鋪安置在房門邊。

意思3

【時點】{動詞ます形}＋際(ぎわ)に、際(ぎわ)の。表示事物臨近某狀態，或正當要做什麼的時候。常用「瀬戸際(せとぎわ)(關鍵時刻)、今(いま)わの際(きわ)(臨終)」的表現方式。中文意思是：「臨到…、在即…、迫近…」。

例文C

勝つか負けるかの瀬戸際だぞ。諦めずに頑張れ。

現在正是一決勝負的關鍵時刻！不要放棄，堅持下去！

比較

● がけ (に)

臨…時…、…時順便…

接續方法 {動詞ます形}＋がけ (に)

意思

【附帶狀態】 表示開始做前項的行為後，又做後項的事情。中文意思是：「臨…時…、…時順便…」。

例文 c

帰りがけに、この葉書をポストに入れてください。

回去時順便把這張明信片投入信箱裡。

◆ 比較說明 ◆

「ぎわに」表示時點，強調「臨近前項的狀態，發生後項的事情」的概念。前接事物臨近的狀態，後接在那一狀態下發生的事情，表示事物臨近某狀態，或正當要做什麼的時候。「がけ (に)」表示附帶狀態，がけ (に) 是接尾詞，強調「在前一行為開始後，順便又做其他動作」的概念。

5 を～にひかえて
臨進…、靠近…、面臨…

意思1

【時點】｛名詞｝＋を＋｛時間；場所｝＋に控えて。「に控えて」前接時間詞時，表示「を」前面的事情，時間上已經迫近了；前接場所時，表示空間上很靠近的意思，就好像背後有如山、海、高原那樣宏大的背景。中文意思是：「臨進…、靠近…、面臨…」。

例文A

結婚を来年に控えて、姉はどんどんきれいになっている。

隨著明年的婚期一天天接近，姊姊變得愈來愈漂亮。

補充1

〘をひかえたN〙を控えた＋｛名詞｝。也可以省略「｛時間；場所｝＋に」的部分。還有，後接名詞時用「を～に控えた＋名詞」的形式。

例 文

開店を控えたオーナーは、食材探しに忙しい。

即將開店的老闆，因為尋找食材而忙得不可開交。

補充2

〘Nがひかえてた〙｛名詞｝＋が控えてた。一般也有使用「が」的用法。

例 文

この病院は目の前には海が広がり、後ろには山が控えた自然豊かな環境にある。

這家醫院的地理位置前濱海、後靠山，享有豐富的自然環境。

● を～にあたって

在…的時候、當…之時、當…之際

接續方法 {名詞}＋を＋{名詞；動詞辭書形}＋にあたって

意 思

【時點】 表示某一行動，已經到了事情重要的階段。它有複合格助詞的作用。一般用在致詞或感謝致意的書信中。中文意思是：「在…的時候、當…之時、當…之際」。

例文 a

プロジェクトを展開（てんかい）するにあたって、新（あら）たに職員（しょくいん）を採用（さい）（よう）した。

在推展計畫之際進用了新員工。

◆ 比較說明 ◆

「を～にひかえて」表示時點，強調「時間上已經迫近了」的概念。「にひかえて」前接時間詞時，表示「を」前面的事情，時間上已經迫近了。「を～にあたって」也表時點，強調「事情已經到了重要階段」的概念。表示某一行動，已經到了事情重要的階段。它有複合格助詞的作用。一般用在致詞或感謝致意的書信中。

を～にひかえて【時點】　例文A

を～にあたって【時點】　例文a

採用

🎧 Track 006

6 や、やいなや

剛…就…、一…馬上就…

接續方法 {動詞辭書形}＋や、や否や

【時間前後】 表示前一個動作才剛做完，甚至還沒做完，就馬上引起後項的動作。兩動作時間相隔很短，幾乎同時發生。語含受前項的影響，而發生後項意外之事。多用在描寫現實事物。書面用語。前後動作主體可不同。中文意思是：「剛…就…、一…馬上就…」。

意思A

病室（びょうしつ）のドアを閉（し）めるや否（いな）や、彼女（かのじょ）はポロポロと涙（なみだ）をこぼした。

病房的門扉一闔上，她豆大的淚珠立刻撲籟籟地落了下來。

比較

● そばから

才剛…就…

接續方法 {動詞辭書形；動詞た形；動詞ている}＋そばから

意　思

【時間的前後】 表示前項剛做完，其結果或效果馬上被後項抹殺或抵銷。常用在反覆進行相同動作的場合。大多用在不喜歡的事情。中文意思是：「才剛…就…」。

例文 a

注意（ちゅうい）するそばから、同（おな）じ失敗（しっぱい）を繰（く）り返（かえ）す。

才剛提醒就又犯下相同的錯誤。

◆ 比較說明 ◆

「や、やいなや」表示時間前後，強調「前後動作無間隔地連續進行」的概念。後項是受前項影響而發生的意外，前後句動作主體可以不一樣。「そばから」也表時間前後，強調「前項剛做完，後項馬上抵銷前項的內容」的概念。多用在反覆進行相同動作的場合。且大多用在不喜歡的事情。

や、やいなや【時間前後】 例文A

そばから【時間的前後】 例文a

同じ失敗…

🎧 Track 007

7 がはやいか
剛一…就…

接續方法 {動詞辭書形}＋が早いか

意思1

【時間前後】 表示剛一發生前面的情況，馬上出現後面的動作。前後兩動作連接十分緊密，前一個剛完，幾乎同時馬上出現後一個。由於是客觀描寫現實中發生的事物，所以後句不能用意志句、推量句等表現。中文意思是：「剛一…就…」。

例文A

彼は壇上に上がるが早いか、研究の必要性について喋り始めた。

他一站上講台，隨即開始闡述研究的重要性。

補 充

〖がはやいか〜た〗 後項是描寫已經結束的事情，因此大多以過去時態「た」來結束。

比較

● たとたん（に）
剛…就…、剎那就…

接續方法 {動詞た形}＋とたん（に）

【時間前後】 表示前項動作和變化完成的一瞬間，發生了後項的動作和變化。由於說話人當場看到後項的動作和變化，因此伴有意外的語感，相當於「～したら、その瞬間に」。中文意思是：「剛…就…、剎那就…」。

例文 a

走り始めたとたんにパンクとは、前途多難だな。

才剛一起步就爆胎，真是前途多難啊！

◆ 比較說明 ◆

「がはやいか」表示時間前後，強調「一…就馬上…」的概念。後項伴有迫不及待的語感。是一種客觀描述，後項不用意志、推測等表現。「たとたんに」也表時間前後，強調「同時、那一瞬間」的概念。後項伴有意外的語感。前後大多是互有關聯的事情。這個句型要接動詞過去式。

🎧 Track 008

8 そばから
才剛…就…（又）…

接續方法 {動詞辭書形；動詞た形；動詞ている}＋そばから

意思 1

【時間前後】 表示前項剛做完，其結果或效果馬上被後項抹殺或抵銷。用在同一情況下，不斷重複同一事物，且說話人含有詫異的語感。大多用在不喜歡的事情。中文意思是：「才剛…就（又）…」。

仕事を片付けるそばから、次の仕事を頼まれる。

才剛解決完一項工作，下一樁任務又交到我手上了。

比較

● たとたん（に）

剛…就…、刹那就…

接續方法 {動詞た形}＋とたん（に）

意　思

【時間前後】 表示前項動作和變化完成的一瞬間，發生了後項的動作和變化。由於説話人當場看到後項的動作和變化，因此伴有意外的語感，相當於「～したら、その瞬間に」。中文意思是：「剛…就…、刹那就…」。

例文 a

二人は、出会ったとたんに恋に落ちた。

兩人一見鍾情。

◆ 比較説明 ◆

「そばから」表示時間前後，強調「前項剛做完，後項馬上抵銷前項的內容」的概念。多用在反覆進行相同動作的場合。且大多用在不喜歡的事情。「たとたんに」也表時間前後，強調「同時，那一瞬間」兩個行為間沒有間隔的概念。後項伴有意外的語感。前後大多是互有關連的事情。這個句型要接動詞過去式，表示突然、立即的意思。

そばから【時間前後】　例文A

たとたんに【時間前後】　例文a

9 なり
剛…就立刻…、一…就馬上…

接續方法 {動詞辭書形}＋なり

意思1

【時間前後】 表示前項動作剛一完成，後項動作就緊接著發生。後項的動作一般是預料之外的、特殊的、突發性的。後項不能用命令、意志、推量、否定等動詞。也不用在描述自己的行為，並且前後句的動作主體必須相同。中文意思是：「剛…就立刻…、一…就馬上…」。

例文A

娘は家に帰るなり、部屋に閉じこもって出てこない。

女兒一回到家就馬上把自己關進房間不肯出來。

比較

● しだい
馬上…、一…立即、…後立即…

接續方法 {動詞ます形}＋次第

意思

【時間的前後】 表示某動作剛一做完，就立即採取下一步的行動，也就是一旦實現了前項，就立刻進行後項，前項為期待實現的事情。中文意思是：「馬上…、一…立即、…後立即…」。

例文a

（上司に向かって）先方から電話が来次第、ご報告いたします。

（對主管說）等對方來電聯繫了，會立刻向您報告。

◆ 比較說明 ◆

「なり」表示時間前後，強調「前項動作剛完成，緊接著就發生後項的動作」的概念。後項是預料之外的事情。後項不接命令、否定等動詞。前後句動作主體相同。「しだい」也表時間前後，強調「前項動作一結束，後項動作就馬上開始」的概念。或前項必須先完成，

後項才能夠成立。後項多為說話人有意識、積極行動的表達方式。前面動詞連用形，後項不能用過去式。

なり【時間前後】

例文A

しだい【時間的前後】

電話が来次第

例文a

10 この、ここ〜というもの
整整…、整個…以來

接續方法 この、ここ＋{期間・時間}＋というもの

意思1

【強調期間】 前接期間、時間等表示最近一段時間的詞語，表示時間很長，「這段期間一直…」的意思。說話人對前接的時間，帶有感情地表示很長。後項的狀態一般偏向消極的，是跟以前不同的、不正常的。中文意思是：「整整…、整個…以來」。

例文A

この半年（はんとし）というもの、娘（むすめ）とろくに話（はな）していない。

整整半年了，我和女兒幾乎沒好好說過話。

比較

● ということだ
聽說…、據說…

接續方法 {簡體句}＋ということだ

意思

【傳聞】 表示傳聞，從某特定的人或外界獲取的傳聞。比起「…そうだ」來，有很強的直接引用之語感。中文意思是：「聽說…、據說…」。

26

手紙によると課長は、日帰りで出張に行ってきたということだ。

據信上說課長出差，當天就回來。

◆ 比較說明 ◆

「この〜というもの」表示強調期間，前接期間、時間的詞語，強調「在這期間發生了後項的事」的概念。含有説話人感嘆這段時間很長的意思。「ということだ」表示傳聞，強調「直接引用，獲得的情報」的概念。表示説話人把得到情報，直接引用傳達給對方，用在具體表示説話、事情、知識等內容。

この〜というもの【強調期間】

例文 A

ということだ【傳聞】

例文 a

日帰りで出張

🎧 Track 011

11 ぐるみ
全…、全部的…、整個…

接續方法 {名詞}＋ぐるみ

意思1

【範圍】 表示整體、全部、全員。前接名詞時，通常為慣用表現。中文意思是：「全…、全部的…、整個…」。

例文 A

高齢者を騙す組織ぐるみの犯罪が後を絶たない。

專門鎖定銀髮族下手的詐騙集團犯罪層出不窮。

● ずくめ

清一色、全都是、淨是…

接續方法 {名詞}＋ずくめ

意 思

【樣態】 前接名詞，表示全都是這些東西、毫不例外的意思。可以用在顏色、物品等；另外，也表示事情接二連三地發生之意。前面接的名詞通常都是固定的慣用表現，例如會用「黑ずくめ」，但不會用「赤ずくめ」。中文意思是：「清一色、全都是、淨是…」。

例文 a

うれしいことずくめの１ヶ月だった。

這一整個月淨是遇到令人高興的事。

◆ 比較說明 ◆

「ぐるみ」表示範圍，強調「全部都」的概念。前接名詞，表示連同該名詞都包括，全部都…的意思。是接尾詞。「ずくめ」表示樣態，強調「全部都是同一狀態」的概念。前接名詞，表示在身邊淨是某事物、狀態或清一色都是…。也是接尾詞。

ぐるみ【範圍】
例文 A

ずくめ【樣態】
例文 a

🎧 Track 012

12 というところだ、といったところだ

也就是…而已、頂多不過…；可說…差不多、可說就是…、可說相當於…

接續方法 {名詞；動詞辭書形；引用句子或詞句}＋というところだ、といったところだ

【**範圍**】接在數量不多或程度較輕的詞後面，表示頂多也只有文中所提的數目而已，最多也不超過文中所提的數目，強調「再好、再多也不過如此而已」的語氣。中文意思是：「也就是…而已、頂多不過…」。

例文A

3日に渡る会議を経て、交渉成立まではあと一歩といったところだ。

開了整整三天會議，距離達成共識也就只差最後一步而已了。

補充1

〖**大致**〗説明在某階段的大致情況或程度。中文意思是：「可説…差不多、可説就是…、可説相當於…」。

例文

中国語は、ようやく中級に入るというところです。

目前學習中文總算進入相當於中級程度了。

補充2

〖**口語－ってとこだ**〗「ってとこだ」為口語用法。是自己對狀況的判斷跟評價。

例文

「試験どうだった。」「うん、ぎりぎり合格ってとこだね。」

「考試結果還好嗎？」「嗯，差不多低空掠過吧。」

比較

● **ということだ**

聽說…、據說…

接續方法 {簡體句}＋ということだ

意思

【**傳聞**】表示傳聞，從某特定的人或外界獲取的傳聞。比起「そうだ」來，有很強的直接引用之語感。中文意思是：「聽説…、據説…」。

例文 a

雑誌によると、今大人用の塗り絵がはやっているということです。

據雜誌上說，目前正在流行成年人版本的著色畫冊。

◆ 比較說明 ◆

「というところだ」表示範圍，強調「大致的程度」的概念。接在數量不多或程度較輕的詞後面，表示頂多也只有文中所提的數目而已，最多也不超過文中所提的程度。「ということだ」表示傳聞，強調「從外界聽到的傳聞」的概念。直接引用傳聞的語意很強，所以也可以接命令形。句尾不能變成否定形。

というところだ【範圍】

例文A

ということだ【傳聞】

例文 a

🎧 Track 013

13 をかわきりに、をかわきりにして、をかわきりとして
以…為開端開始…、從…開始

接續方法 {名詞} ＋を皮切りに、を皮切りにして、を皮切りとして

意思1

【起點】 前接某個時間、地點等，表示以這為起點，開始了一連串同類型的動作。後項一般是繁榮飛躍、事業興隆等內容。中文意思是：「以…為開端開始…、從…開始」。

例文A

営業部長の発言を皮切りに、各部署の責任者が次々に発言を始めた。

業務部長率先發言，緊接著各部門的主管也開始逐一發言。

● あっての

有了…之後…才能…、沒有…就不能（沒有）…

接續方法 {名詞}＋あっての＋{名詞}

意　思

【強調】 表示因為有前面的事情，後面才能夠存在，含有後面能夠存在，是因為有前面的條件，如果沒有前面的條件，就沒有後面的結果了。中文意思是：「有了…之後…才能…、沒有…就不能（沒有）…」。

例文 a

お客様あっての商売ですから、お客様は神様です。

有顧客才有生意，所以要將顧客奉為上賓。

◆ 比較説明 ◆

「をかわきりに」表示起點，強調「起點」的概念。表示以前接時間點為開端，後接同類事物，接二連三地隨之開始，通常是事業興隆等內容。助詞要用「を」。前接名詞。「（が）あっての」表示強調，強調一種「必要條件」的概念。表示因為有前項的條件，後項才能夠存在。含有如果沒有前面的條件，就沒有後面的結果了。助詞要用「が」。前面也接名詞。

をかわきりに【起點】　例文A

あっての【強調】　例文a

お客様は
神様です

実力テスト

做對了，往 😊 走，做錯了往 ✕ 走。

次の文の_____にはどんな言葉を入れたらよいか。1・2から最も適当なものをひとつ選びなさい。

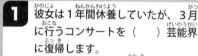

實力測驗
Q 哪一個是正確的？

---

1 彼女は1年間休養していたが、3月に行うコンサートを（　　）芸能界に復帰します。

1. あっての　　2. 皮切りに

譯
1. あっての：有了…之後…才能…
2. 皮切りに：從…開始

---

2 いかなる厳しい状況（　　）、冷静さを失ってはならない。

1. にあっても　　2. にして

譯
1. にあっても：即使處於…情況下
2. にして：直到…才…

---

3 アメリカは44代目に（　　）はじめて黒人大統領が誕生した。

1. して　　2. おうじて

譯
1. にして：直到…才…
2. におうじて：根據…

---

4 ここ1年（　　）、転職や大病などいろいろなことがありました。

1. というもの　　2. ということ

譯
1. ここ～というもの：整整…來
2. ということ：…的是

---

5 就寝する（　　）には、あまり食べないほうがいいですよ。

1. 間際　　2. に際して

譯
1. 間際：正要…時候
2. に際して：值此…之際

---

6 大学の合格発表を明日に（　　）、緊張で食事もろくにのどを通りません。

1. 当たって　　2. 控えて

譯
1. に当たって：在…的時候
2. に控えて：臨近…

---

7 ホテルに着く（　　）、さっそく街にくりだした。

1. がはやいか　　2. や

譯
1. がはやいか：剛一…就…
2. や：一…馬上…

---

8 注意する（　　）、転んでけがをした。

1. とたんに　　2. そばから

譯
1. とたんに：剛…就…
2. そばから：才剛…就…

答案：(1) 2　(2) 1　(3) 1
(4) 1　(5) 1　(6) 2
(7) 1　(8) 2

目的、原因、結果

★★★★★

🎧 **Track 014**

1　べく
為了…而…、想要…、打算…

接續方法 ｛動詞辭書形｝＋べく

意思1

【目的】 表示意志、目的。是「べし」的ます形。表示帶著某種目的，來做後項。語氣中帶有這樣做是理所當然、天經地義之意。雖然是較生硬的説法，但現代日語有使用。後項不接委託、命令、要求的句子。中文意思是：「為了…而…、想要…、打算…」。

例文A

息子さんはお父さんの期待に応えるべく頑張っていますよ。

令郎為了達到父親的期望而一直努力喔！

補 充

〖**サ変動詞すべく**〗前面若接サ行變格動詞，可用「すべく」、「するべく」，但較常使用「すべく」(「す」為古日語「する」的辭書形)。

例 文

新薬を開発すべく、日夜研究を続けている。

為了研發出新藥而不分晝夜持續研究。

比較

● ように
為了…而…

接續方法 {動詞辭書形；動詞否定形}＋ように

意　思

【目的】 表示為了實現前項而做後項，是行為主體的希望。中文意思是：「為了…而…」。

例文 a

約束を忘れないように手帳に書いた。

把約定寫在了記事本上以免忘記。

◆ 比較說明 ◆

「べく」表示目的，強調「帶著某種目的，而做後項」的概念。前接想要達成的目的，後接為了達成目的，所該做的內容。後項不接委託、命令、要求的句子。這個句型要接動詞辭書形。「ように」也表目的，強調「為了實現前項，而做後項」的概念。是行為主體的希望。這個句型也接動詞辭書形，但也可以接動詞否定形。後接表示說話人的意志句。

べく【目的】
例文 A

ように【目的】
例文 a

🎧 Track 015

2　んがため（に／の）
為了…而…（的）、因為要…所以…（的）

接續方法 {動詞否定形（去ない）}＋んがため（に／の）

【目的】 表示目的。用在積極地為了實現目標的説法，「んがため（に）」前面是想達到的目標，後面常是雖不喜歡，不得不做的動作。含有無論如何都要實現某事，帶著積極的目的做某事的語意。書面用語，很少出現在對話中。要注意前接サ行變格動詞時為「せんがため」，接「来る」時為「来（こ）んがため」；用「んがための」時後面要接名詞。中文意思是：「為了…而…（的）、因為要…所以…（的）」。

例文A

我が子の命を救わんがため、母親は街頭募金に立ち続けた。

當時為了拯救自己孩子的性命，母親持續在街頭募款。

比較

● **べく**

為了…而…、想要…、打算…

接續方法 {動詞辭書形}＋べく

意　思

【目的】 表示意志、目的。是「べし」的ます形。表示帶著某種目的，來做後項。語氣中帶有這樣做是理所當然、天經地義之意。雖然是較生硬的説法，但現代日語有使用。後項不接委託、命令、要求的句子。前面若接サ行變格動詞，可用「〜すべく」、「〜するべく」，但較常使用「〜すべく」（「す」為古日語「する」的辭書形）。中文意思是：「為了…而…、想要…、打算…」。

例文a

消費者の需要に対応すべく、生産量を増加することを決定した。

為了因應消費者的需求，而決定增加生產量。

◆ 比較説明 ◆

「んがために」表示目的，強調「無論如何都要實現某目的」的概念。前接想要達成的目的，後接因此迫切採取的行動。語氣中帶有迫切、積極之意。前接動詞否定形。「べく」也表目的，強調「帶著某種目的，而做後項」的概念。語氣中帶有這樣做是理所當然、天經地義之意。是較生硬的説法。前接動詞辭書形。

3 ともなく、ともなしに
(1) 雖然不清楚是…，但…；(2) 無意地、下意識的、不知…、無意中…

意思1

【無目的行為】｛疑問詞（＋助詞）｝＋ともなく、ともなしに。前接疑問詞時，則表示意圖不明確。表示在對象或目的不清楚的情況下，採取了那種行為。中文意思是：「雖然不清楚是…，但…」。

例文A

多田君（ただくん）はいつからともなしに、みんなのリーダー的存在（てきそんざい）となっていた。

不知道從什麼時候起，多田同學成為班上的領導人物了。

意思2

【樣態】｛動詞辭書形｝＋ともなく、ともなしに。表示並不是有心想做，但還是發生了後項這種意外的情況。也就是無意識地做出某種動作或行為，含有動作、狀態不明確的意思。中文意思是：「無意地、下意識的、不知…、無意中…」。

例文B

父（ちち）は一日中（いちにちじゅう）見（み）るともなくテレビを見（み）ている。

爸爸一整天漫不經心地看著電視。

● といわんばかりに、とばかりに
幾乎要說…

接續方法 {名詞；簡體句}＋と言わんばかりに、とばかりに

意思

【樣態】 表示看那樣子簡直像是的意思，心中憋著一個念頭或一句話，幾乎要說出來，後項多為態勢強烈或動作猛烈的句子，常用來描述別人。中文意思是：「幾乎要說…」。

例文 b

相手がひるんだのを見て、ここぞとばかりに反撃を始めた。

看見對手一畏縮，便抓準時機展開反擊。

◆ 比較說明 ◆

「ともなく」表示樣態，強調「無意識地做出某種動作」的概念。表示並不是有心想做後項，卻發生了這種意外的情況。「とばかりに」也表樣態，強調「幾乎要表現出來」的概念。表示雖然沒有說出來，但簡直就是那個樣子，來做後項動作猛烈的行為。後續內容多為不良的結果或狀態。常用來描述別人。書面用語。

ともなく【樣態】 例文 B

とばかりに【樣態】 例文 b

4 ゆえ（に／の）
因為是…的關係；…才有的…

接続方法 {[名詞・形容動詞詞幹]（である）;[形容詞・動詞] 普通形}（が）＋故（に／の）

意思 1

【原因】 是表示原因、理由的文言説法。中文意思是：「因為是…的關係；…才有的…」。

例文 A

子供に厳しくするのも、子供の幸せを思うが故なのだ。

之所以如此嚴格要求孩子的言行舉止，也全是為了孩子的幸福著想。

補充 1

〖故の＋N〗使用「故の」時，後面要接名詞。

例文

勇太くんのわがままは、寂しいが故の行動と言えるでしょう。

勇太小任性的行為表現，應當可以歸因於其寂寞的感受。

補充 2

〖省略に〗「に」可省略。書面用語。

例文

貧しさ故（に）非行に走る子供もいる。

部分兒童由於家境貧困而誤入歧途。

比較

● **べく**

為了…而…、想要…、打算…

接続方法 {動詞辭書形}＋べく

【目的】 表示意志、目的。是「べし」的ます形。表示帶著某種目的，來做後項。語氣中帶有這樣做是理所當然、天經地義之意。雖然是較生硬的說法，但現代日語有使用。後項不接委託、命令、要求的句子。前面若接サ行變格動詞，可用「～すべく」、「～するべく」，但較常使用「～すべく」（「す」為古日語「する」的辭書形）。中文意思是：「為了…而…、想要…、打算…」。

例文 a

借金を返すべく、共働きをしている。
しゃっきん かえ ともばたら

夫婦兩人為了還債都出外工作。

◆ 比較說明 ◆

「がゆえに」表示原因，表示因果關係，強調「前項是因，後項是果」的概念。也就是前項是原因、理由，後項是導致的結果。是較生硬的說法。「べく」表示目的，強調「帶著某種目的，而做後項」的概念。語氣中帶有這樣做是理所當然、天經地義之意。也是較生硬的說法。

がゆえに【原因】

例文 A

べく【目的】

借金

例文 a

🎧 Track 018

5 ことだし
由於…、因為…

接續方法 {[名詞・形容動詞詞幹]である；形容動詞詞幹な；[形容詞・動詞]普通形}＋ことだし

【原因】 後面接決定、請求、判斷、陳述等表現，表示之所以會這樣做、這樣認為的理由或依據。表達程度較輕的理由，語含除此之外，還有別的理由。是口語用法，語氣較為輕鬆。中文意思是：「由於…、因為…」。

例文 A

まだ病気も初期であることだし、手術せずに薬で治せますよ。

所幸病症還屬於初期階段，不必開刀，只要服藥即可治癒囉。

補　充

〖ことだし＝し〗 意義、用法和單獨的「し」相似，但「ことだし」更得體有禮。

比較

● ともあって

　　　也是由於…、再加上…的原因

接續方法 {名詞の；形容動詞詞幹な；[形容詞・動詞] 普通形} ＋ こともあって

意　思

【原因】 表示舉出其中一、兩個原因（暗示還有其他原因），後項再針對某現象進行解釋說明。中文意思是：「也是由於…、再加上…的原因」。

例文 a

寒い日が続いていることもあって、今年は長い期間お花見が楽しめそうだ。

也由於天氣持續寒冷，今年似乎有較長的賞花期了。

◆ 比較說明 ◆

「ことだし」表示原因，表示之所以會這樣做、這樣認為的其中某一個理由或依據。語含還有其他理由的語感，後項經常是某個決定的表現方式。「こともあって」也表原因，列舉其中某一、二個原因，暗示除了提到的理由之外，還有其他理由的語感。後項大多是解釋說明的表現方式。

6 こととて

(1) 雖然是…也…；(2)（總之）因為…

接續方法 {名詞の；形容動詞詞幹な；[形容詞・動詞] 普通形} ＋
こととて

意思 1

【逆接條件】 表示逆接的條件，表示承認前項，但後項還是有不足之處。中文意思是：「雖然是…也…」。

例文 A

知(し)らぬこととて、ご迷惑(めいわく)をおかけしたことに変(か)わりはありません。申(もう)し訳(わけ)ありませんでした。

由於我不知道相關規定，以致於造成各位的困擾，在此致上十二萬分的歉意。

意思 2

【原因】 表示順接的理由、原因。常用於道歉或請求原諒時，後面伴隨著表示道歉、請求原諒的理由，或消極性的結果。中文意思是：「（總之）因為…」。

例文 B

子供(こども)のやったこととて、大目(おおめ)に見(み)て頂(いただ)けませんか。

因為是小孩犯的錯誤，能否請您海涵呢？

〖古老表現〗是一種正式且較為古老的表現方式，因此前面也常接古語。「こととて」是「ことだから」的書面語。

例 文

慣れぬこととて、大変お待たせしてしまい、大変失礼致しました。

因為還不夠熟悉，非常抱歉讓您久等了。

比較

● ゆえ (に／の)

因為是…的關係；…才有的…

接續方法 {[名詞・形容動詞詞幹]（である）; [形容詞・動詞] 普通形}（が）＋故 (に／の)

意 思

【原因】是表示原因、理由的文言説法。中文意思是:「因為是…的關係;…才有的…」。

例文 b

君のためを思うが故に、厳しいことを言う。

之所以嚴厲訓斥，也是為了你好。

◆ 比較說明 ◆

「こととて」表示原因，表示順接的原因。強調「前項是因，後項是消極的果」的概念。常用在表示道歉的理由，前項是理由，後項是因前項而產生的消極性結果，或是道歉等內容。是正式的表達方式。「ゆえに」也表原因，表示句子之間的因果關係。強調「前項是因，後項是果」的概念。

こととて【原因】 例文B

ゆえに【原因】 例文b

君のため！

7 てまえ
(1) …前、…前方；(2) 由於…所以…

接續方法 {名詞の；動詞普通形} ＋手前

意思1

【場所】 表示場所，不同於表示前面之意的「まえ」，此指與自身距離較近的地方。中文意思是：「…前、…前方」。

例文A

本棚は奥に、テーブルはその手前に置いてください。

請將書櫃擺在最後面、桌子則放在它的前面。

意思2

【原因】 強調理由、原因，用來解釋自己的難處、不情願。有「因為要顧自己的面子或立場必須這樣做」的意思。後面通常會接表示義務、被迫的表現，例如：「なければならない」、「しないわけにはいかない」、「ざるを得ない」、「しかない」。中文意思是：「由於…所以…」。

例文B

こちらから誘った手前、今さら断れないよ。

是我開口邀約對方的，事到如今自己怎能打退堂鼓呢？

• から (に) は
既然…、既然…，就…

接續方法 {動詞普通形} ＋から (に) は

意 思

【原因】 表示既然到了這種情況，後面就要「貫徹到底」的說法，因此後句常是說話人的判斷、決心及命令等，一般用於書面上，相當於「のなら、以上は」。中文意思是：「既然…、既然…，就…」。

例文b

決めたからには、最後までやる。
き　　　　　　　　　　さいご

既然已經決定了，就會堅持到最後。

◆ 比較說明 ◆

「てまえ」表示原因，表示做了前項之後，為了顧全自己的面子或立場，而只能做後項。後項一般是應採取的態度，或強烈決心的句子。「からには」也表原因，表示既然到了前項這種情況，後項就要理所當然堅持做到底。後項一般是被迫覺悟、個人感情表現的句子。

🎧 Track 021

8　とあって
由於…（的關係）、因為…（的關係）

接續方法 {名詞；[名詞・形容詞・形容動詞・動詞] 普通形；形容動詞詞幹} ＋とあって

【原因】 表示理由、原因。由於前項特殊的原因，當然就會出現後項特殊的情況，或應該採取的行動。後項是説話人敘述自己對某種特殊情況的觀察。書面用語，常用在報紙、新聞報導中。中文意思是：「由於…（的關係）、因為…（的關係）」。

例文A

20年ぶりの記録更新とあって、競技場は興奮に包まれた。

那一刻打破了二十年來的紀錄，競技場因而一片歡聲雷動。

補　充

〖**後－意志或判斷**〗 後項要用表示意志或判斷，不能用推測、命令、勸誘、祈使等表現方式。

比較

● **とすると**

假如…的話…

接續方法 {名詞だ；形容動詞詞幹だ；[形容詞・動詞] 普通形} ＋とすると

意　思

【條件】 表示順接的假定條件，如果假定前項條件是那樣的話，將會發生後項的情況。常伴隨「かりに（假如）、もし（如果）」等詞。中文意思是：「假如…的話…」。

例文 a

もしあれもこれも揃えるとすると、結構な出費になる。

假如什麼都要湊齊的話，那會是一筆龐大的開銷。

◆ 比較說明 ◆

「とあって」表示原因，強調「有前項才有後項」的概念，表示因為在前項的特殊情況下，所以出現了後項的情況。前接特殊的原因，後接因而引起的效應，説話人敘述自己對前面特殊情況的觀察。「とすると」表示條件，表示順接的假定條件。強調「如果前項是那樣的情況下，將會發生後項」的概念。常伴隨「かりに（假如）、もし（如果）」等。

とあって【原因】

例文A

とすると【條件】

例文a

🎧 Track 022

9 にかこつけて
以…為藉口、托故…

接續方法 {名詞}＋にかこつけて

意思1

【原因】 前接表示原因的名詞，表示為了讓自己的行為正當化，用無關的事做藉口。後項大多是可能會被指責的事情。中文意思是：「以…為藉口、托故…」。

例文A

就職にかこつけて、東京で一人暮らしを始めた。

我用找到工作當藉口，展開了一個人住在東京的新生活。

比較

● にひきかえ～は
與…相反、和…比起來、相較起…、反而…

接續方法 {名詞(な)；形容動詞詞幹な；[形容詞・動詞]普通形}＋(の)にひきかえ～は

意思

【對比】 比較兩個相反或差異性很大的事物。含有説話人個人主觀的看法。書面用語。跟站在客觀的立場，冷靜地將前後兩個對比的事物進行比較「に対して」比起來，「にひきかえ」是站在主觀的立場。中文意思是：「與…相反、和…比起來、相較起…、反而…」。

例文 a

男子の草食化にひきかえ、女子は肉食化しているようだ。

相較於男性的草食化，女性似乎有愈來愈肉食化的趨勢。

◆ 比較說明 ◆

「にかこつけて」表示原因，強調「以前項為藉口，去做後項」的概念。前接表示原因的名詞，表示為了讓自己的行為正當化，用無關的事，不是事實的事做藉口。「にひきかえ〜は」表示對比，強調「前後兩項，正好相反」的概念。比較兩個相反或差異性很大的人事物。含有説話人個人主觀的看法。

にかこつけて【原因】

例文 A

一人暮らし

にひきかえ〜は【對比】

例文 a

10　ばこそ
就是因為…才…、正因為…才…

接續方法 {[名詞・形容動詞詞幹] であれ；[形容詞・動詞] 假定形} ＋ばこそ

意思1

【原因】強調原因。表示強調最根本的理由。正是這個原因，才有後項的結果。強調説話人以積極的態度説明理由。中文意思是：「就是因為…才…、正因為…才…」。

例文 A

あなたの支えがあればこそ、私は今までやって来られたんです。

因為你的支持，我才得以一路走到了今天。

〔ばこそ～のだ〕句尾用「の（ん）だ」、「の（ん）です」時，有「加強因果關係的説明」的語氣。一般用在正面的評價。書面用語。

比較

● （で）すら～ない
就連…都、甚至連…都

接續方法 {名詞（＋助詞）；動詞て形｝＋（で）すら～ない

意　思

【強調】舉出一個極端的例子，表示連他（它）都這樣了，別的就更不用提了。有導致消極結果的傾向。和「さえ」用法相同。用「すら～ない（連…都不…）」是舉出一個極端的例子，來強調「不能…」的意思。中文意思是：「就連…都、甚至連…都」。

例文 a

仕事が忙しくて、自分の結婚式すら休めない。

工作忙得連自己的婚禮都沒辦法休息。

◆ 比較説明 ◆

「ばこそ」表示原因，有「強調某種結果的原因」的概念。表示正是這個最根本必備的理由，才有後項的結果。一般用在正面的評價。常和「の（ん）です」相呼應，以加強肯定語氣。「すら～ない」表示強調，有「特別強調主題」的作用。舉出一個極端例子，強調就連前項都這樣了，其他就更不用提了。後面跟否定相呼應。有導致消極結果的傾向。後面只接負面評價。

ばこそ【原因】　例文A

すら～ない【強調】　例文a

11 しまつだ
（結果）竟然…、落到…的結果

接續方法 {動詞辭書形；この／その／あの}＋始末だ

意思1

【結果】 表示經過一個壞的情況，最後落得一個不理想的、更壞的結果。前句一般是敘述事情發生的情況，後句帶有譴責意味地，對結果竟然發展到這樣的地步的無計畫性，表示詫異。有時候不必翻譯。中文意思是：「（結果）竟然…、落到…的結果」。

例文A

木村君は日頃から遅刻がちだが、今日はとうとう無断欠勤する始末だ。

木村平時上班就常遲到，今天居然乾脆曠職！

補充

〖この始末だ〗 固定的慣用表現「この始末だ／淪落到這般地步」，對結果竟是這樣，表示詫異。後項多和「とうとう、最後は」等詞呼應使用。

例文

そんなに借金を重ねたら会社が危ないとあれほど忠告したのに、やっぱりこの始末だ。

之前就苦口婆心勸你不要一而再、再而三借款，否則會影響公司的營運，現在果然週轉不靈了吧！

比較

● しだいだ
因此…

接續方法 {動詞辭書形；動詞た形}＋次第だ

意思

【結果】 用在說明理由，表示事態發展到這樣的原委、理由。中文意思是：「因此…」。

ぜひお力添えいただきたく、本日参った次第です。

今日為了請您務必鼎力相助，因此前來拜訪。

◆ 比較說明 ◆

「しまつだ」表示結果，強調「不好的結果」的概念。表示經過一個壞的情況，最後落得一個更壞的結果。前句一般是敘述事情發生的情況，後句帶有譴責意味地，陳述結果竟然發展到這樣的地步。「しだいだ」也表示結果，強調「事情發展至此的理由」的概念。表示說明因某情況、理由，導致了某結果。

しまつだ【結果】
例文 A
無断欠勤！

しだいだ【結果】
例文 a

🎧 Track 025

12 ずじまいで、ずじまいだ、ずじまいの
（結果）沒…（的）、沒能…（的）、沒…成（的）

接續方法 {動詞否定形（去ない）}＋ずじまいで、ずじまいだ、ずじまいの

意思 1

【結果】表示某一意圖，由於某些因素，沒能做成，而時間就這樣過去了，最後沒能實現，無果而終。常含有相當惋惜、失望、後悔的語氣。多跟「結局、とうとう」一起使用。使用「ずじまいの」時，後面要接名詞。中文意思是：「（結果）沒…（的）、沒能…（的）、沒…成（的）」。

例文 A

旅行中は雨続きで、結局山には登らずじまいだった。

旅遊途中連日陰雨，無奈連山都沒爬成，就這麼失望而歸了。

〖**せずじまい**〗 請注意前接サ行變格動詞時，要用「せずじまい」。

例　文

デザインはよかったが、妥協^{だ きょう}せずじまいだった。

設計雖然很好，但最終沒能得到彼此認同。

比較

● ず (に)

不…地、沒…地

接續方法 {動詞否定形 (去ない)}＋ず (に)

意　思

【否定】「ず」雖是文言，但「ず (に)」現在使用得也很普遍。表示以否定的狀態或方式來做後項的動作，或產生後項的結果，語氣較生硬，相當於「ない (で)」。中文意思是:「不…地、沒…地」。

例文 a

切手^{きって}を貼^はらずに手紙^{て がみ}を出^だしました。

沒有貼郵票就把信寄出了。

◆ 比較說明 ◆

「ずじまいで」表示結果，強調「由於某原因，無果而終」的概念。表示某一意圖，由於某些因素，沒能做成，而時間就這樣過去了。常含有相當惋惜的語氣。多跟「結局、とうとう」一起使用。「ずに」表示否定，強調「沒有在前項的狀態下，進行後項」的概念。「ずに」是否定助動詞「ぬ」的連用形。後接「に」表示否定的狀態。「に」有時可以省略。

ずじまいで【結果】

例文A

ずに【否定】

例文a

13 にいたる
(1) 最後…；(2) 最後…、到達…、發展到…程度

意思1

【到達】{場所}＋に至る。表示到達之意。偏向於書面用語。翻譯較靈活。中文意思是：「最後…」。

例文A

この川は関東平野を南に流れ、東京湾に至る。

這條河穿越關東平原向南流入東京灣。

意思2

【結果】{名詞；動詞辭書形}＋に至る。表示事物達到某程度、階段、狀態等。含有在經歷了各種事情之後，終於達到某狀態、階段的意思，常與「ようやく、とうとう、ついに」等詞相呼應。中文意思是：「最後…、到達…、發展到…程度」。

例文B

少年が傷害事件を起こすに至ったのには、それなりの背景がある。

少年之所以會犯下傷害案件有其背後的原因。

● にいたって（は／も）

到…階段（才）

接續方法 {名詞；動詞辭書形}＋に至って（は／も）

意 思

【結果】「に至って（は）」表示到達某極端狀態的時候，後面常接「初めて、やっと、ようやく」。中文意思是：「到…階段（才）」。

例文 b

実際に組み立てる段階に至って、ようやく設計のミスに気がついた。

直到實際組合的階段，這才赫然發現了設計上的錯誤。

◆ 比較說明 ◆

「にいたる」表示結果，表示連續經歷了各種事情之後，事態終於到達某嚴重的地步。「にいたっては」也表結果，表示直到極端事態出現時，才察覺到後項，或才發現該做後項。

にいたる【結果】　　例文B

にいたっては【結果】　　例文b

設計ミス

実力テスト

做對了，往😊走，做錯了往✗走。

次の文の_____にはどんな言葉を入れたらよいか。1・2から最も適当なものをひとつ選びなさい。

實力測驗
Q 哪一個是正確的？

1 彼の本心を聞く（　）、二人きりで話してみようと思う。
1. べく　　　　　2. ように

譯
1. べく：為了…而…
2. ように：為了…以便達到…

2 この企画を（　）、徹夜で頑張りました。
1. 通さんべく　　2. 通さんがために

譯
1. 通さんべく：為了通過而…
2. 通さんがために：為了通過而…

3 あまりの寒さ（　）、声が出ません。
1. ゆえに　　　　2. べく

譯
1. ゆえに：因為…的關係
2. べく：為了…而…

4 不慣れな（　）、多々失礼があるかと存じますが、どうぞ温かく見守ってください。
1. こととて　　2. ゆえに

譯
1. こととて：(總之)因為…
2. ゆえに：因為是…的關係

5 大人気のお菓子（　）、開店するや、瞬く間に売り切れた。
1. とすると　　2. とあって

譯
1. とすると：假如…的話
2. とあって：由於…(的關係)

6 何かと忙しいのに（　）、ついついトレーニングをサボってしまいました。
1. かこつけて　　2. ひきかえ

譯
1. にかこつけて：以…為藉口
2. にひきかえ：和…比起來

7 彼女を思えば（　）、厳しいことを言ったのです。
1. すら　　　　　2. こそ

譯
1. すら：就連…都…
2. こそ：正因為…

8 結局、彼女の話は最後まで（　）じまいだった。
1. 聞けずに　　2. 聞けず

譯
1. 聞けずに：(結果)沒聽…
2. 聞けず：沒聽…

答案： (1)1 (2)2 (3)1
(4)1 (5)2 (6)1
(7)2 (8)2

♪ Track 027

Chapter

3

★★★★★

可能、予想外、推測、当然、対応

1 うにも～ない
2 にたえる、にたえない
3 (か)とおもいきや
4 とは

5 とみえて、とみえる
6 べし
7 いかんで（は）

---

1 うにも～ない

即使想…也不能…

接續方法 {動詞意向形}＋うにも＋{動詞可能形的否定形}

意思1

【可能】 表示因為某種客觀的原因的妨礙，即使想做某事，也難以做到，不能實現。是一種願望無法實現的説法。前面要接動詞的意向形，表示想達成的目標。後面接否定的表達方式，可接同一動詞的可能形否定形。中文意思是：「即使想…也不能…」。

例文A

体がだるくて、起きようにも起きられない。

全身倦怠，就算想起床也爬不起來。

補 充

〖ようがない〗 後項不一定是接動詞的可能形否定形，也可能接表示「沒辦法」之意的「ようがない」。另外，前接サ行變格動詞時，除了用「詞幹＋しようがない」，還可用「詞幹＋のしようがない」。

例 文

こうはっきり証拠が残ってるのでは、ごまかそうにもごまかしようがないな。

既然留下了如此斬釘截鐵的證據，就算想瞞也瞞不了人嘍！

● っこない

不可能…、決不…

接續方法 {動詞ます形}＋っこない

意 思

【可能】表示強烈否定，某事發生的可能性。一般用於口語，用在
關係比較親近的人之間。中文意思是：「不可能…、決不…」。

例文 a

こんな長い文章、すぐには暗記できっこないです。

這麼長的文章，根本沒辦法馬上背起來呀！

◆ 比較說明 ◆

「うにも～ない」表示可能，強調「因某客觀原因，無法實現願望」
的概念。表示因為某種客觀的原因，即使想做某事，也難以做到。
是一種願望無法實現的說法。前面要接動詞的意向形，後面接否定
的表達方式。「っこない」也表可能，強調「某事絕不可能發生」
的概念。表示說話人強烈否定，絕對不可能發生某事。相當於「絕
対に～ない」。

うにも～ない【可能】 例文A

っこない【可能】 例文a

2 にたえる、にたえない

(1) 經得起…、可忍受…；(2) 值得…；(3) 不勝…；(4) 不堪…、忍受不住…

意思1

【可能】{名詞；動詞辭書形}＋にたえる；{名詞}＋にたえられない。表示可以忍受心中的不快或壓迫感，不屈服忍耐下去的意思。否定的說法用不可能的「たえられない」。中文意思是：「經得起…、可忍受…」。

例文A

受験を通して、不安や焦りにたえる精神力を強くすることができる。

透過考試，可以對不安或焦慮的耐受力進行考驗，強化意志力。

意思2

【價值】{名詞；動詞辭書形}＋にたえる；{名詞}＋にたえない。表示值得這麼做，有這麼做的價值。這時候的否定說法要用「たえない」，不用「たえられない」。中文意思是：「值得…」。

例文B

これは彼の9歳のときの作品だが、それでも十分鑑賞にたえるものだ。

這是他九歲時的作品，但已具備供大眾欣賞的資格了。

意思3

【感情】{名詞}＋にたえない。前接「感慨、感激」等詞，表示強調前面情感的意思，一般用在客套話上。中文意思是：「不勝…」。

例文C

いつも私を見守ってくださり、感謝の念にたえません。

真不知道該如何感謝你一直守護在我的身旁。

【強制】{動詞辭書形}＋にたえない。表示情況嚴重得不忍看下去，聽不下去了。這時候是帶著一種不愉快的心情。前面只能接「読む、聞く、見る」等為數不多的幾個動詞。中文意思是：「不堪…、忍受不住…」。

例文 D

ネットニュースの記事は見出しばかりで、読むにたえないものが少なくない。

網路新聞充斥著標題黨，不值一讀的文章不在少數。

比較

● にかたくない

不難…、很容易就能…

接續方法 {名詞；動詞辭書形}＋に難くない

意 思

【難易】表示從某一狀況來看，不難想像，誰都能明白的意思。前面多用「想像する、理解する」等理解、推測的詞，書面用語。中文意思是：「不難…、很容易就能…」。

例文 d

お産の苦しみは想像に難くない。

不難想像生產時的痛苦。

◆ 比較說明 ◆

「にたえない」表示強制，強調「因某心理因素，難以做某事」的概念。表示忍受不了所看到的或所聽到的事。這時候是帶著一種不愉快的心情。「にかたくない」表示難易，強調「從現實因素，不難想像某事」的概念。表示從某一狀況來看，不難想像，誰都能明白的意思。前面多用「想像する、理解する」等詞，書面用語。

にたえる【強制】

例文D

読むにたえない

にかたくない【難易】

例文d

3 （か）とおもいきや
原以為…、誰知道…、本以為…居然…

接續方法 {[名詞・形容詞・形容動詞・動詞]普通形；引用的句子或詞句} ＋（か）と思いきや

意思1

【預料外】 表示按照一般情況推測，應該是前項的結果，但是卻出乎意料地出現了後項相反的結果，含有說話人感到驚訝的語感。後常跟「意外に（も）、なんと、しまった、だった」相呼應。本來是個古日語的說法，而古日語如果在現代文中使用通常是書面語，但「（か）と思いきや」多用在輕鬆的對話中，不用在正式場合。是逆接用法。中文意思是：「原以為…、誰知道…、本以為…居然…」。

例文A

今年は合格間違いなしと思いきや、今年もダメだった。

原本有十足的把握今年一定可以通過考試，誰曉得今年竟又落榜了。

補充

〔印象〕 前項是說話人的印象或瞬間想到的事，而後項是對此進行否定。

● ながら（も）

雖然…，但是…、儘管…、明明…卻…

接續方法 {名詞；形容動詞詞幹；形容詞辭書形；動詞ます形}＋
ながら（も）

意思

【預料外】 連接兩個矛盾的事物，表示後項與前項所預想的不同。
中文意思是：「雖然…，但是…、儘管…、明明…卻…」。

例文 a

狭いながらも、楽しい我が家だ。

雖然很小，但也是我快樂的家。

◆ 比較說明 ◆

「かとおもいきや」表示預料外，原以為應該是前項的結果，但是
卻出乎意料地出現了後項相反或不同的結果。含有說話人感到驚訝
的語氣。「ながらも」也表預料外，表示雖然是能夠預料的前項，
但卻與預料不同，實際上出現了後項。是一種逆接的表現方式。

かとおもいきや【預料外】
例文 A
今年もダメ…
不合格

ながらも【預料外】
例文 a

🎧 Track 030

4 とは

(1) 所謂…、是…；(2) 連…也、沒想到…、…這…、竟然會…

接續方法 {名詞；[形容詞・形容動詞・動詞] 普通形；引用句子}＋
とは

【話題】 前接名詞，也表示定義，前項是主題，後項對這主題的特徵、意義等進行定義。中文意思是：「所謂⋯、是⋯」。

例文 A

「急がば回れ」とは、急ぐときは遠回りでも安全な道を行けという意味です。

所謂「欲速則不達」，意思是寧走十步遠，不走一步險（著急時，要按部就班選擇繞行走一條安全可靠的遠路）。

補　充

〚口語－って〛口語用「って」的形式。

例　文

「はとこってなに。」「親の従兄弟の子のことだよ。」

「什麼是『從堂（表）兄弟姐妹』？」「就是爸媽的堂（表）兄弟姐妹的孩子。」

意思2

【預料外】 由格助詞「と」＋係助詞「は」組成，表示對看到或聽到的事實（意料之外的），感到吃驚或感慨的心情。前項是已知的事實，後項是表示吃驚的句子。中文意思是：「連⋯也、沒想到⋯、⋯這⋯、竟然會⋯」。

例文 B

江戸時代の水道設備がこんなに高度だったとは、本当に驚きだ。

江戶時代居然有如此先進的水利設施，實在令人驚訝。

補充1

〚省略後半〛有時會省略後半段，單純表現出吃驚的語氣。

例　文

たった 1 年で N1 に受かるとは。君の勉強方法をおしえてくれ。

只用一年時間就通過了 N1 級測驗！請教我你的學習方法。

〖口語－なんて〗 口語用「なんて」的形式。

例文

あのときの赤<ruby>赤<rt>あか</rt></ruby>ちゃんがもう大<ruby>大学生<rt>だいがくせい</rt></ruby>だなんて。

想當年的小寶寶居然已經是大學生了！

比較

● ときたら
說到…來、提起…來

接續方法 {名詞}＋ときたら

意　思

【話題】 表示提起話題，說話人帶著譴責和不滿的情緒，對話題中的人或事進行批評，後也常接「あきれてしまう、嫌になる」等詞。批評對象一般是說話人身邊，關係較密切的人物或事。用於口語。有時也用在自嘲的時候。中文意思是：「說到…來、提起…來」。

例文b

部<ruby>部長<rt>ぶ ちょう</rt></ruby>ときたら朝<ruby>朝<rt>あさ</rt></ruby>から晩<ruby>晩<rt>ばん</rt></ruby>までタバコを吸<ruby>吸<rt>す</rt></ruby>っている。

說到我們部長，一天到晚都在抽煙。

◆ 比較說明 ◆

「とは」表示預料外，強調「感嘆或驚嘆」的概念。前接意料之外看到或遇到的事實，後接說話人對其感到感嘆、吃驚心情。「ときたら」表示話題，強調「帶著負面的心情提起話題」的概念。前面一般接人名，後項是譴責、不滿和否定的內容。

5 とみえて、とみえる
看來…、似乎…

接續方法 {名詞 (だ)；形容動詞詞幹 (だ)；[形容詞・動詞] 普通形} ＋
とみえて、とみえる

意思 1

【推測】 表示前項是敘述推測出來的結果，後項是陳述這一推測的根據。後項為前項的根據、原因、理由，表示説話者從現況、外觀、事實來自行推測或做出判斷。中文意思是：「看來…、似乎…」。

例文 A

母は穏やかな表情で顔色もよい。回復は順調とみえる。

媽媽不僅露出舒坦的表情，氣色也挺不錯的，看來恢復狀況十分良好。

比較

● と (も) なると、と (も) なれば
要是…那就…、如果…那就…、一旦處於…就…

接續方法 {名詞；動詞普通形} ＋と (も) なると、と (も) なれば

意思

【評價的觀點】 前接時間、職業、年齡、作用、事情等名詞或動詞，表示如果發展到某程度，用常理來推斷，就會理所當然導向某種結論。後項多是與前項狀況變化相應的內容。中文意思是：「要是…那就…、如果…那就…、一旦處於…就…」。

例文 a

12 時ともなると、さすがに眠たい。

到了十二點，果然就會想睡覺。

◆ 比較說明 ◆

「とみえて」表示推測，表示前項是推測出來的結果，後項是這一推測的根據。「ともなると」表示評價的觀點，表示如果在前項的條件或到了某一特殊時期，就會出現後項的不同情況。含有強調前項，敘述果真到了前項的情況，就當然會出現後項的語意。

とみえて【推測】

ともなると【評價的觀點】

Track 032

6 べし

應該…、必須…、值得…

接續方法 {動詞辭書形} ＋べし

意思 1

【當然】 是一種義務、當然的表現方式。表示說話人從道理上、公共理念上、常識上考慮，覺得那樣做是應該的，理所當然的。用在說話人對一般的事情發表意見的時候，含有命令、勸誘的語意，只放在句尾。是種文言的表達方式。中文意思是：「應該…、必須…、值得…」。

例文 A

ゴミは各自(かくじ)持(も)ち帰(かえ)るべし。

垃圾必須各自攜離。

補充 1

〘サ変動詞すべし〙 前面若接サ行變格動詞，可用「すべし」、「するべし」，但較常使用「すべし」(「す」為古日語「する」的辭書形)。

例 文

問題(もんだい)が発生(はっせい)した場合(ばあい)は速(すみ)やかに報告(ほうこく)すべし。

萬一發生異狀，必須盡快報告。

〔**格言**〕 用於格言。

例 文

「後生畏るべし」という言葉がある。若者は大切にすべきだ。

有句話叫「後生可畏」。我們切切不可輕視年輕人。

比較

● べからず、べからざる

不得…（的）、禁止…（的）、勿…（的）、莫…（的）

接續方法 {動詞辭書形}＋べからず、べからざる

意 思

【禁止】「べし」否定形。表示禁止、命令。是較強硬的禁止說法，文言文式說法，故常有前接古文動詞的情形，多半出現在告示牌、公佈欄、演講標題上。現在很少見。禁止的內容就社會認知來看不被允許。口語說「てはいけない」。「べからず」只放在句尾，或放在括號（「」)內，做為標語或轉述內容。中文意思是：「不得…（的）、禁止…（的）、勿…（的）、莫…（的）」。

例文 a

入社式で社長が「初心忘るべからず」と題するスピーチをした。

社長在公司的迎新會上，發表了一段以「莫忘初衷」為主題的演講。

◆ 比較說明 ◆

「べし」表示當然，強調「那樣做是一種義務」的概念。表示說話人從道理上考慮，覺得那樣做是應該的，理所當然的。用在說話人對一般的事情發表意見的時候。只放在句尾。「べからざる」表示禁止，強調「強硬禁止」的概念。是一種強硬的禁止說法，文言文式的說法，多半出現在告示牌、公佈欄、演講標題上。現在很少見。

べし【當然】

例文A

持ち帰る

べからず【禁止】

例文a

7 いかんで（は）
要看…如何、取決於…

接續方法 {名詞（の）}＋いかんで（は）

意思1

【對應】 表示後面會如何變化，那就要取決於前面的情況、內容來決定了。「いかん」是「如何」之意，「で」是格助詞。中文意思是：「要看…如何、取決於…」。

例文A

コーチの指導方法いかんで、選手はいくらでも伸びるものだ。

運動員能否最大限度發揮潛能，可以說是取決於教練的指導方法。

比較

● におうじて
根據…、按照…、隨著…

接續方法 {名詞}＋に応じて

意思

【對應】 表示按照、根據。前項作為依據，後項根據前項的情況而發生相對應的變化。中文意思是：「根據…、按照…、隨著…」。

例文 a

ほ けんきん　　ひ がいじょうきょう　　おう　　し はら
保険金は被害状況に応じて支払われます。

保險給付是依災害程度支付的。

◆ 比較說明 ◆

「いかんで（は）」表示對應，表示後項會如何變化，那就要取決於前項的情況、內容來決定了。「におうじて」也表對應，表示後項會根據前項的情況，而與之相對應發生變化。

いかんで（は）【對應】

例文 A

におうじて【對應】

例文 a

MEMO

実力テスト
做對了，往 😊 走，做錯了往 ✕ 走。

次の文の＿＿＿＿にはどんな言葉を入れたらよいか。1・2から最も適当なものをひとつ選びなさい。

實力測驗
Q 哪一個是正確的？

1
彼女がこんなに綺麗になる（ ）、想像もしなかった。
1. とは　　　　2. ときたら

譯
1. とは：沒想到…
2. ときたら：提起…來

2
チョコレートか（ ）、なんとキャラメルでした。
1. ときたら　　2. と思いきや

譯
1. ときたら：提起…來
2. と思いきや：原以為…、誰知道…

3
風邪をひいて声が出ないので、話（ ）話せない。
1. そうにも　　2. に

譯
1. そうにも〜ない：即使想…也不能
2. に〜ない：想…卻不能

4
イライラしたときこそ努めて冷静に、客観的に自分を見つめる（ ）。
1. べし　　　　2. べからざる

譯
1. べし：應該…
2. べからざる：禁止…

5
彼の身勝手な言い訳は聞くに（ ）。
1. たえない　　2. 難くない

譯
1. にたえない：不堪…
2. に難くない：不難…

6
ぬいぐるみの売れ行き（ ）では、すぐに増産ということもあるでしょう。
1. かぎり　　　　2. いかん

譯
1. かぎり：在…範圍內
2. いかん：根據…

答案：(1) 1　(2) 2　(3) 1
　　　(4) 1　(5) 1　(6) 2

樣態、傾向、価値

★★★★★

🎧 **Track 034**

1 といわんばかりに、とばかりに
幾乎要說…；簡直就像…、顯出…的神色、似乎…般地

接續方法 {名詞；簡體句} ＋と言わんばかりに、とばかりに

意思 1

【樣態】「といわんばかりに」雖然沒有說出來，但是從表情、動作、樣子、態度上已經表現出某種信息，含有幾乎要說出前項的樣子，來做後項的行為。中文意思是:「幾乎要說…；簡直就像…、顯出…的神色、似乎…般地」。

例文 A

もう我慢できないといわんばかりに、彼女は洗濯物を投げ捨てて出て行った。

她彷彿再也無法忍受似地把待洗的髒衣服一扔，衝出了家門。

意思 2

【樣態】「とばかりに」表示看那樣子簡直像是的意思，心中憋著一個念頭或一句話，幾乎要說出來，後項多為態勢強烈或動作猛烈的句子，常用來描述別人。中文意思是:「幾乎要說…；簡直就像…、顯出…的神色、似乎…般地」。

例文 B

彼らがステージに現れると、待ってましたとばかりにファンの歓声が鳴り響いた。

他們一出現在舞台上，滿場迫不及待的粉絲立刻發出了歡呼。

● ばかりに

就因為…、都是因為…，結果…

接續方法 {名詞である；形容動詞詞幹な；[形容詞・動詞] 普通形} ＋
ばかりに

意　思

【原因】 表示就是因為某事的緣故，造成後項不良結果或發生不好
的事情，説話人含有後悔或遺憾的心情。中文意思是：「就因為…、
都是因為…，結果…」。

例文 b

かれ　　　けいば　　　　　ねっちゅう　　　　　　　　　　　ぜんざいさん　うしな
彼は競馬に熱中したばかりに、全財産を失った。

他就是因為沉迷於賭馬，結果傾家蕩產了。

◆ 比較説明 ◆

「とばかりに」表示樣態，強調「幾乎要表現出來」的概念。表示
雖然沒有説出來，但簡直就是那個樣子，來做後項動作猛烈的行
為。「ばかりに」表示原因，強調「正是因前項，導致後項不良結果」
的概念。就是因為某事的緣故，造成後項不良結果或發生不好的事
情。説話人含有後悔或遺憾的心情。

とばかりに【樣態】
例文 B

ばかりに【原因】
例文 b

2 ながら (に／も／の)
(1) 雖然…但是…；(2) 保持…的狀態

意思1

【讓步】｛名詞；形容動詞詞幹；形容詞辭書形；動詞ます形｝＋ながら (に／も)。讓步逆接的表現。表示「實際情形跟自己所預想的不同」之心情，後項是「事實上是…」的事實敘述。中文意思是：「雖然…但是…」。

例文A

彼女が国に帰ったことを知りながら、どうして僕に教えてくれなかったんだ。

你明明知道她已經回國了，為什麼不告訴我這件事呢！

意思2

【樣態】｛名詞；動詞ます形｝＋ながら (の)。前面的詞語通常是慣用的固定表達方式。表示「保持…的狀態下」，表明原來的狀態沒有發生變化，繼續持續。用「ながらの」時後面要接名詞。中文意思是：「保持…的狀態」。

例文B

この辺りは昔ながらの街並みが残っている。

這一帶還留有往昔的街景。

補充

〚ながらにして〛「ながらに」也可使用「ながらにして」的形式。

例文

インターネットがあれば、家に居ながらにして世界中の人と交流できる。

只要能夠上網，即使人在家中坐，仍然可以與全世界的人交流。

● のまま

仍舊、保持原樣、就那樣…

接續方法 {名詞}＋のまま

意 思

【樣態】 同樣的狀態一直持續，沒有變化。中文意思是：「仍舊、保持原樣、就那樣…」。

例文b

どちらかが譲歩しない限り、話し合いは平行線のままだ。

只要雙方互不讓步，協商就會依然是平行線。

◆ 比較說明 ◆

「ながら」表示樣態，強調「做某動作時的狀態」的概念。前接在某狀態之下，後接在前項狀態之下，所做的動作或狀態。「のまま」也表樣態，強調「仍然保持原來的狀態」的概念。表示過去某一狀態，到現在仍然持續不變。

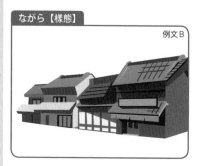

ながら【樣態】　例文B

のまま【樣態】　例文b

3 まみれ
沾滿…、滿是…

接續方法 {名詞}＋まみれ

意思 1

【樣態】 表示物體表面沾滿了令人不快或骯髒的東西，非常骯髒的樣子，前常接「泥、汗、ほこり」等詞，表示在物體的表面上，沾滿了令人不快、雜亂、負面的事物。中文意思是：「沾滿…、滿是…」。

例文A

息子の泥まみれのズボンをゴシゴシ洗う。

我拚命刷洗兒子那件沾滿泥巴的褲子。

補 充

〖困擾〗 表示處在叫人很困擾的狀況，如「借金」等令人困擾、不悅的事情。

例 文

借金まみれの人生。宝くじで一発逆転だ。

這輩子負債累累。我要靠樂透逆轉人生！

比較

● ぐるみ
全部的…

接續方法 {名詞}＋ぐるみ

意 思

【範圍】 表示整體、全部、全員。前接名詞時，通常為慣用表現。中文意思是：「全部的…」。

例文a

強盗に身ぐるみはがされた。

被強盜洗劫一空。

「まみれ」表示樣態，強調「全身沾滿了不快之物」的概念。表示全身沾滿了令人不快的、骯髒的液體或砂礫、灰塵等細碎物。「ぐるみ」表示範圍，強調「全部都」的概念。前接名詞，表示連同該名詞都包括，全部都…的意思。如「家族ぐるみ（全家）」。是接尾詞。

まみれ【樣態】

例文 A

ぐるみ【範圍】

例文 a

🎧 Track 037

4 ずくめ
清一色、全都是、淨是…、充滿了

接續方法 {名詞}＋ずくめ

意思1

【樣態】 前接名詞，表示全都是這些東西、毫不例外的意思。可以用在顏色、物品等；另外，也表示事情接二連三地發生之意。前面接的名詞通常都是固定的慣用表現，例如會用「黒ずくめ」，但不會用「赤ずくめ」。中文意思是：「清一色、全都是、淨是…、充滿了」。

例文A

こんげつ はい ざんぎょう
今月に入って残業ずくめで、もう倒れそうだ。

這個月以來幾乎天天加班，都快撐不下去了。

比較

● だらけ

全是…、滿是…、到處是…

接續方法 {名詞}＋だらけ

【樣態】表示數量過多,到處都是的樣子,「だらけ」前接的名詞種類多,特別像是「泥だらけ(滿身泥巴)、傷だらけ(渾身傷)、血だらけ(渾身血)」等,相當於「〜がいっぱい」。中文意思是:「全是…、滿是…、到處是…」。

例文 a

子どもは泥だらけになるまで遊んでいた。

孩子們玩到全身都是泥巴。

◆ 比較說明 ◆

「ずくめ」表示樣態,強調「在…範圍中都是…」的概念。在限定的範圍中,淨是某事物。正、負面評價的名詞都可以接。「だらけ」也表樣態,強調「數量過多」的概念。也就是某範圍中,雖然不是全部,但絕大多數都是前項名詞的事物。常伴有「骯髒」、「不好」等貶意,是說話人給予負面的評價。所以後面不接正面、褒意的名詞。

ずくめ【樣態】

例文A

だらけ【樣態】

例文a

🎧 Track 038

5

めく
像…的樣子、有…的意味、有…的傾向

接續方法 {名詞}＋めく

意思1

【傾向】「めく」是接尾詞,接在詞語後面,表示具有該詞語的要素,表現出某種樣子。前接詞很有限,習慣上較常說「春めく(有春意)、秋めく(有秋意)」。但「夏めく(有夏意)、冬めく(有冬意)」就較少使用。中文意思是:「像…的樣子、有…的意味、有…的傾向」。

今朝の妻の謎めいた微笑はなんだろう。

今天早上妻子那一抹神祕的微笑究竟是什麼意思呢？

〔めいた〕 五段活用後接名詞時，用「めいた」的形式連接。

あの先生はすぐに説教めいたことを言うので、生徒から煙たがれている。

那位老師經常像在訓話似的，學生無不對他望之生畏。

● ぶり、っぷり

　…的樣子、…的狀態、…的情況

接續方法 {名詞；動詞ます形}＋ぶり、っぷり

【樣子】前接表示動作的名詞或動詞的ます形，表示前接名詞或動詞的樣子、狀態或情況。中文意思是：「…的樣子、…的狀態、…的情況」。

夫の話しぶりからすると、正月もほとんど休みが取れないようだ。

從丈夫講話的樣子判斷，過年期間也大概幾乎沒辦法休假了。

「めく」表示傾向，強調「帶有某感覺」的概念。接在某事物後面，表示具有該事物的要素，表現出某種樣子的意思。「めく」是接尾詞。「ぶり」表示樣子，強調「做某動作的樣子」的概念。表示事物存在的樣子，或進行某動作的樣子。也表示給予負面的評價，有意擺出某種態度的樣子，「明明…卻要擺出…的樣子」的意思。也是接尾詞。

めく【傾向】

例文A

ぶり【様子】

ほとんど
休みなし

例文a

🎧 **Track 039**

6 きらいがある
有一點…、總愛…、有…的傾向

接續方法 {名詞の；動詞辭書形}＋きらいがある

意思1

【傾向】 表示某人有某種不好的傾向，容易成為那樣的意思。多用在對這不好的傾向，持批評的態度。而這種傾向從表面是看不出來的，是自然而然容易變成那樣的。它具有某種本質性，漢字是「嫌いがある」。中文意思是：「有一點…、總愛…、有…的傾向」。

例文A

かれ ゆうのう ひと した み
彼は有能だが人を下に見るきらいがある。

他能力很強，但也有點瞧不起人。

補充1

〖どうも〜きらいがある〗 一般以人物為主語。以事物為主語時，多含有背後為人物的責任。書面用語。常用「どうも〜きらいがある」。

例 文

きょく とき せいけん はんたい たち ば
このテレビ局はどうも、時の政権に反対の立場をとるきらいがある。

這家電視台似乎傾向於站在反對當時政權的立場。

〖すぎるきらいがある〗 常用「すぎるきらいがある」的形式。

例 文

彼女（かのじょ）は物事（ものごと）を深（ふか）く考（かんが）えすぎるきらいがある。

她對事情總是容易顧慮過多。

比較

● おそれがある

恐怕會…、有…危險

接續方法 {名詞の；形容動詞詞幹な；[形容詞・動詞] 辭書形} ＋
恐れがある

意 思

【推量】 表示有發生某種消極事件的可能性，常用在新聞報導或天氣預報中。中文意思是：「恐怕會…、有…危險」。

例文 a

台風（たいふう）のため、午後（ごご）から高潮（たかしお）の恐（おそ）れがあります。

因為颱風，下午恐怕會有大浪。

◆ 比較說明 ◆

「きらいがある」表示傾向，強調「有不好的性質、傾向」的概念。表示從表面看不出來，但具有某種本質的傾向。多用在對這不好的傾向，持批評的態度上。「おそれがある」表示推量，強調「可能發生不好的事」的概念。表示有發生某種消極事件的可能性。只限於用在不利的事件。常用在新聞或報導中。

きらいがある【傾向】　　例文 A

おそれがある【推量】　　例文 a

7 にたる、にたりない

(1) 不足以…、不值得…；(2) 不夠…；(3) 可以…、足以…、值得…

接續方法 {名詞；動詞辭書形} ＋に足る、に足りない

意思1

【無價值】「に足りない」含又不是什麼了不起的東西，沒有那麼做的價值的意思。中文意思是：「不足以…、不值得…」。

例文A

そんな取るに足りない小さな問題を、いちいち気にするな。

不要老是在意那種不值一提的小問題。

意思2

【不足】「に足りない」也可表示「不夠…」之意。

例文B

ひと月の收入は、二人分を合わせても新生活を始めるに足りなかった。

那時兩個人加起來的一個月收入依然不夠他們展開新生活。

意思3

【價值】「に足る」表示足夠，前接「信賴する、語る、尊敬する」等詞時，表示很有必要做前項的價值，那樣做很恰當。中文意思是：「可以…、足以…、值得…」。

例文C

精一杯やって、滿足するに足る結果を殘すことができた。

盡了最大的努力，終於達成了可以令人滿意的成果。

● にたえる、にたえない

値得…

接續方法 {名詞；動詞辭書形} ＋に堪える、{名詞} ＋に堪えない

意 思

【價值】 表示值得這麼做，有這麼做的價值。這時候的否定説法要用「たえない」，不用「たえられない」。中文意思是：「值得…」。

例文 c

この作品は古いけれど、内容は現代でも十分に読むに堪えるものです。

這作品雖古老，但內容至今依然十分值得閱讀。

◆ 比較說明 ◆

「にたる」表示價值，強調「有某種價值」的概念。表示客觀地從品質或是條件，來判斷很有必要做前項的價值，那樣做很恰當。「にたえる」也表價值，強調「那樣做有那樣做的價值」的概念。可表示有充分那麼做的價值。或表示不服輸、不屈服地忍耐下去。這是從主觀的心情、感情來評斷的。前面只能接「読む、聞く、見る」等為數不多的幾個動詞。

にたる【價值】　例文 c

にたえる【價值】　例文 c

実力テスト

做對了，往😊走，做錯了往✕走。

次の文の＿＿＿＿にはどんな言葉を入れたらよいか。1・2から最も適当なものをひとつ選びなさい。

實力測驗
Q 哪一個是正確的？

1
申し訳ないと思い（　），彼女にお願いするしかない。
1. つつも　　　　2. ながらも

2
彼はどうだ（　）私たちを見た。
1. と言わんばかりに　　2. ばかりに

譯
1. つつも：儘管…
2. ながらも：雖然…，但是…

譯
1. と言わんばかりに：幾乎要說…
2. ばかりに：就因為…

3
彼には生まれ（　），備わっている品格があった。
1. のままに　　　2. ながらに

譯
1. のままに：仍舊
2. ながらに：（天生）就有…

4
彼女はいつも上から下までブランド（　）です。
1. だらけ　　　2. ずくめ

譯
1. だらけ：全是…
2. ずくめ：清一色…

5
汗（　）になって畑仕事をするのが好きです。
1. ぐるみ　　　2. まみれ

譯
1. ぐるみ：全…，一起
2. まみれ：沾滿…

6
法律の改正には、国民が納得するに（　）説明が必要だ。
1. 足る　　　2. たえる

譯
1. に足る：足以…
2. にたえる：值得…

7
彼は思いこみが強く、独断専行の（　）がある。
1. 嫌い　　　2. 恐れ

譯
1. 嫌いがある：有一點…
2. 恐れがある：恐怕會…

答案：（1）1 （2）1 （3）2
（4）2 （5）2 （6）1
（7）1

Chapter

5

★★★★★

程度、強調、輕重、難易、最上級

1 ないまでも
2 に（は）あたらない
3 だに
4 にもまして
5 たりとも～ない
6 といって～ない、といった～ない

7 あっての
8 こそすれ
9 すら、ですら
10 にかたくない
11 にかぎる

🎧 Track 041

1 ないまでも

就算不能…、沒有…至少也…、就是…也該…、即使不…也…

接續方法 {名詞で（は）；動詞否定形}＋ないまでも

意思1

【程度】 前接程度比較高的，後接程度比較低的事物。表示雖然不至於到前項的地步，但至少有後項的水準，或只要求做到後項的意思。後項多為表示義務、命令、意志、希望、評價等內容。後面為義務或命令時，帶有「せめて、少なくとも」（至少）等感情色彩。中文意思是：「就算不能…、沒有…至少也…、就是…也該…、即使不…也…」。

例文A

毎日とは言わないまでも、週に１、２回は連絡してちょうだい。

就算沒辦法天天保持聯絡，至少每星期也要聯繫一兩次。

比較

● まで（のこと）もない

用不著…、不必…、不必說…

接續方法 {動詞辭書形}＋まで（のこと）もない

意思

【不必要】 前接動作，表示沒必要做到前項那種程度。含有事情已經很清楚了，再說或做也沒有意義，前面常和表示說話的「言う、話す、説明する、教える」等詞共用。中文意思是：「用不著…、不必…、不必說…」。

見れば分かるから、わざわざ説明するまでもない。

只要看了就知道，所以用不著——說明。

◆ 比較說明 ◆

「ないまでも」表示程度，強調「就算不能達到前項，但可以達到程度較低的後項」的概念。是一種從較高的程度，退一步考慮後項實現問題的辦法，後項常接義務、命令、意志、希望等表現。「までもない」表示不必要，強調「沒有必要做到那種程度」的概念。表示事情尚未到達某種程度，沒有必要做某事。

ないまでも【程度】

例文 A

までもない【不必要】

例文 a

説明する
までもない

🎧 Track 042

2 に（は）あたらない
(1) 不相當於…；(2) 不需要…、不必…、用不著…

意思1

【不相當】{名詞}＋に（は）当たらない。接名詞時，則表示「不相當於某事物」的意思。中文意思是：「不相當於…」。

例文 A

ちょっとトイレに行っただけです。駐車違反には当たらないでしょう。

我只是去上個廁所而已，不至於到違規停車吃紅單吧？

【程度】｛動詞辭書形｝＋に（は）当たらない。接動詞辭書形時，為沒必要做某事，或對對方過度反應到某程度，表示那樣的反應是不恰當的。用在説話人對於某事評價較低的時候，多接「賞賛する（稱讚）、感心する（欽佩）、驚く（吃驚）、非難する（譴責）」等詞之後。中文意思是：「不需要…、不必…、用不著…」。

例文 B

若いうちの失敗は嘆くに当たらないよ。「失敗は成功の母」というじゃないか。

不必怨嘆年輕時的失敗嘛。俗話說得好：「失敗為成功之母」，不是嗎？

比較

● にたる、にたりない

不足以…

接續方法 ｛名詞；動詞辭書形｝＋に足る、に足りない

意 思

【無價值】「に足りない」含又不是什麼了不起的東西，沒有那麼做的價值的意思。中文意思是：「不足以…」。

例文 b

斎藤なんか、恐れるに足りない。

區區一個齋藤根本不足為懼。

◆ 比較說明 ◆

「にはあたらない」表示程度，強調「沒有必要做某事」的概念。表示沒有必要做某事，那樣的反應是不恰當的。用在説話人對於某事評價較低的時候。「にたりない」表示無價值，強調「沒有做某事的價值」的概念。前接「恐れる、信頼する、尊敬する」等詞，表示沒有做前項的價值，那樣做很不恰當。

にはあたらない【程度】 例文B

にたる【無價值】 例文b

斎藤なんか

3 だに
(1) 一…就…、只要…就…、光…就…；(2) 連…也 (不) …

接續方法 {名詞；動詞辭書形} ＋だに

意思 1

【強調程度】 前接「考える、想像する、思う、聞く、思い出す」等心態動詞時，則表示光只是做一下前面的心理活動，就會出現後面的狀態了。有時表示消極的感情，這時後面多為「ない」或「怖い、つらい」等表示消極的感情詞。中文意思是：「一…就…、只要…就…、光…就…」。

例文A

致死率 90% の伝染病など、考えるだに恐ろしい。

致死率高達 90% 的傳染病，光想就令人渾身發毛。

意思 2

【強調極限】 前接名詞時，舉一個極端的例子，表示「就連前項也 (不) …」的意思。中文意思是：「連…也 (不) …」。

例文B

有罪判決が言い渡された際も、男は微動だにしなかった。

就連宣布有罪判決的時候，那個男人依舊毫無反應。

● すら、ですら

就連…都、甚至連…都

接續方法 {名詞（＋助詞）；動詞て形}＋すら、ですら

意 思

【強調】舉出一個極端的例子，表示連他（它）都這樣了，別的就更不用提了。有導致消極結果的傾向。和「さえ」用法相同。用「すら～ない（連…都不…）」是舉出一個極端的例子，來強調「不能…」的意思。中文意思是：「就連…都、甚至連…都」。

例文b

そこは、虫1匹、草1本すら見られないほど厳しい環境だ。

那地方是連一隻蟲、一根草都看不到的嚴苛環境。

◆ 比較說明 ◆

「だに」表示強調極限，舉一個極端的例子，表示「就連…都不能…」的意思。後項多和否定詞一起使用。「すら」表示強調，舉出一個極端的例子，表示連前項都這樣了，別的就更不用提了。後接否定。有導致消極結果的傾向。含有輕視的語氣，只能用在負面評價上。

4 にもまして
(1) 最⋯、第一；(2) 更加地⋯、加倍的⋯、比⋯更⋯、比⋯勝過⋯

意思 1

【最上級】{疑問詞}＋にもまして。表示「比起其他任何東西，都是程度最高的、最好的、第一的」之意。中文意思是：「最⋯、第一」。

例文 A

今日の森部長はいつにもまして機嫌がいい。

森經理今天的心情比往常都要來得愉快。

意思 2

【強調程度】{名詞}＋にもまして。表示兩個事物相比較。比起前項，後項更為嚴重，更勝一籌，前面常接時間、時間副詞或是「それ」等詞，後接比前項程度更高的內容。中文意思是：「更加地⋯、加倍的⋯、比⋯更⋯、比⋯勝過⋯」。

例文 B

来年の就職が不安だが、それにもまして不安なのは母の体調だ。

明年要找工作的事固然讓人憂慮，但更令我擔心的是媽媽的身體。

比較

● にくわえ（て）
而且⋯、加上⋯、添加⋯

接續方法 {名詞}＋に加え（て）

意思

【附加】表示在現有前項的事物上，再加上後項類似的別的事物。相當於「～だけでなく～も」。中文意思是：「而且⋯、加上⋯、添加⋯」。

例文 b

書道に加えて、華道も習っている。

學習書法以外，也學習插花。

◆ 比較說明 ◆

「にもまして」表示強調程度，強調「在此之上，程度更深一層」的概念。表示兩個事物相比較。前接程度很高的前項，後接比前項程度更高的內容，比起程度本來就很高的前項，後項更為嚴重，程度更深一層。「にくわえて」表示附加，強調「在已有的事物上，再追加類似的事物」的概念。表示在現有前項的事物上，再加上後項類似的別的事物。經常和「も」前後呼應使用。

にもまして【強調程度】 例文B

にくわえて【附加】 例文b

🎧 Track 045

5 たりとも～ない
哪怕…也不（可）…、即使…也不…

接續方法 {名詞}＋たりとも～ない、{數量詞}＋たりとも～ない

意思1

【強調輕重】 前接「一＋助數詞」的形式，舉出最低限度的事物，表示最低數量的數量詞，強調最低數量也不能允許，或不允許有絲毫的例外，是一種強調性的全盤否定的説法，所以後面多接否定的表現。書面用語。也用在演講、會議等場合。中文意思是：「哪怕…也不（可）…、即使…也不…」。

お客が書類にサインするまで、一瞬たりとも気を抜くな。

在顧客簽署文件之前，哪怕片刻也不許鬆懈！

補 充

〖何人たりとも〗「何人たりとも」為慣用表現，表示「不管是誰都…」。

例 文

何人たりともこの神聖な地に足を踏み入れることはできない。

無論任何人都不得踏入這片神聖之地。

比較

● なりと（も）

不管…、…之類

接續方法 {疑問詞＋格助詞}＋なりと（も）

意 思

【無關】接在疑問詞後面，表示全面肯定，無論什麼，都可以依照個人的喜好來選擇。中文意思是：「不管…、…之類」。

例文 a

お困りの際は、何なりとお申し付けください。

遇到困境時，不論什麼事，您都只管吩咐。

◆比較說明◆

「たりとも」表示強調輕重，強調「不允許有絲毫例外」的概念。前接表示最低數量的數量詞，表示連最低數量也不能允許。是一種強調性的全盤否定的說法。「なりとも」表示無關，強調「全面的肯定」的概念。表示無論什麼都可以按照自己喜歡的進行選擇。也就是表示全面的肯定。如果用〔N＋なりとも〕，就表示例示，表示從幾個事物中舉出一個做為例子。

たりとも【強調輕重】

例文 A

気を抜くな！

なりとも【無關】

例文 a

6 といって〜ない、といった〜ない

沒有特別的…、沒有值得一提的…

接續方法 {これ；疑問詞}＋といって〜ない、{これ；疑問詞}＋
といった＋{名詞}〜ない

意思 1

【強調輕重】 前接「これ、なに、どこ」等詞，後接否定，表示沒有特別值得一提的東西之意。為了表示強調，後面常和助詞「は」、「も」相呼應；使用「といった」時，後面要接名詞。中文意思是：「沒有特別的…、沒有值得一提的…」。

例文 A

何（なん）といった目的（もくてき）もなく、なんとなく大学（だいがく）に通（かよ）っている学生（がくせい）も少（すく）なくない。

沒有特定目標，只是隨波逐流地進入大學就讀的學生並不在少數。

比較

● といえば、といったら

談到…、提到…就…、說起…、（或不翻譯）

接續方法 {名詞}＋といえば、といったら

意 思

【話題】 用在承接某個話題，從這個話題引起自己的聯想，或對這個話題進行說明。中文意思是：「談到…、提到…就…、說起…、（或不翻譯）」。

例文 a

台湾の観光スポットといえば、故宮と台北 101 でしょう。

提到台灣的觀光景點，就會想到故宮和台北 101 吧。

◆ 比較說明 ◆

「といって〜ない」表示強調輕重，前接「これ、なに、どこ」等詞，後面跟否定相呼應，表示沒有特別值得提的話題或事物之意。「といえば」表示話題，強調「提起話題」的概念，表示以自己心裡想到的事情為話題，後項是對有關此事的敘述，或又聯想到另一件事。

🎧 Track 047

7 あっての
有了…之後…才能…、沒有…就不能（沒有）…

接續方法 {名詞}＋あっての＋{名詞}

意思 1

【強調】 表示因為有前面的事情，後面才能夠存在，強調後面能夠存在，是因為有至關重要的前面的條件，如果沒有前面的條件，就沒有後面的結果了。中文意思是：「有了…之後…才能…、沒有…就不能（沒有）…」。

例文 A

生徒あっての学校でしょう。生徒を第一に考えるべきです。

沒有學生哪有學校？任何考量都必須將學生放在第一順位。

〖**後項もの、こと**〗「あっての」後面除了可接實體的名詞之外，也可接「もの、こと」來代替實體。

例 文

彼の現在の成功は、20年にわたる厳しい修業時代あってのことだ。

他今日獲致的成功，乃是長達二十年嚴格研修歲月所累積而成的心血結晶。

比較

● からこそ

正因為…才、就是因為…才

接續方法 {名詞だ；形容動詞辭書形；[形容詞・動詞]普通形} ＋
からこそ

意 思

【**原因**】表示説話者主觀地認為事物的原因出在何處，並強調該理由是唯一的、最正確的、除此之外沒有其他的了。中文意思是：「正因為…才」。

例文 a

交通が不便だからこそ、豊かな自然が残っている。

正因為那裡交通不便，才能夠保留如此豐富的自然風光。

◆ 比較說明 ◆

「あっての」表示強調，強調一種「必要條件」的概念。表示因為有前項事情的成立，後項才能夠存在。含有後面能夠存在，是因為有前面的條件，如果沒有前面的條件，就沒有後面的結果了。「からこそ」表示原因，強調「主觀原因」的概念。表示特別強調其原因、理由。「から」是説話人主觀認定的原因，「こそ」有強調作用。

あっての【強調】

例文A

からこそ【原因】

例文a

🎧 **Track 048**

8 こそすれ
只會…、只是…、只能…

接續方法 {名詞；動詞ます形} ＋こそすれ

意思1

【強調】 後面通常接否定表現，用來強調前項才是事實，而不是後項。中文意思是：「只會…、只是…、只能…」。

例文A

<ruby>彼女<rt>かのじょ</rt></ruby>の<ruby>行<rt>おこな</rt></ruby>いには<ruby>呆<rt>あき</rt></ruby>れこそすれ、<ruby>同情<rt>どうじょう</rt></ruby>の<ruby>余地<rt>よち</rt></ruby>はない。

她的行為令人難以置信，完全不值得同情。

比較

● てこそ
只有…才(能)、正因為…才…

接續方法 {動詞て形} ＋てこそ

意思

【強調】 由接續助詞「て」後接提示強調助詞「こそ」表示由於實現了前項，從而得出後項好的結果。「てこそ」後項一般接表示褒意或可能的內容。是強調正是這個理由的説法。中文意思是：「只有…才(能)、正因為…才…」。

例文 a

人は助け合ってこそ、人間として生かされる。

人們必須互助合作人類才能得到充分的發揮。

◆ 比較說明 ◆

「こそすれ」表示強調，後面通常接否定表現，用來強調前項（名詞）才是事實，否定後項。「てこそ」也表強調，表示由於實現了前項，從而得出後項好的結果。也就是沒有前項，後項就無法實現的意思。後項是判斷的表現。後項一般接表示褒意或可能的內容。

こそすれ【強調】 　例文 A

てこそ【強調】 　例文 a

🎧 Track 049

9 すら、ですら
就連…都、甚至連…都；連…都不…

接續方法 {名詞（＋助詞）；動詞て形｝＋すら、ですら

意思1

【強調】 舉出一個極端的例子，強調連他（它）都這樣了，別的就更不用提了。有導致消極結果的傾向。可以省略「すら」前面的助詞「で」，「で」用來提示主語，強調前面的內容。和「さえ」用法相同。中文意思是：「就連…都、甚至連…都」。

例文 A

人に迷惑をかけたら謝ることくらい、子供ですら知ってますよ。

就連小孩子都曉得，萬一造成了別人的困擾就該向人道歉啊！

〖**すら～ない**〗用「すら～ない (連…都不…)」是舉出一個極端的例子，來強調「不能…」的意思。中文意思是：「連…都不…」。

例 文

フランスに一年<ruby>ねん</ruby>いましたが、通訳<ruby>つうやく</ruby>どころか、日常会話<ruby>にちじょうかい わ</ruby>すらできません。

在法國已經住一年了，但別說是翻譯了，就連日常交談都辦不到。

比較

● **さえ～ば（たら）**

　　只要…（就）…

接續方法 {名詞}＋さえ＋{[形容詞・形容動詞・動詞] 假定形}＋
　　　　ば（たら）

意 思

【**條件**】表示只要某事能夠實現就足夠了，強調只需要某個最低限度或唯一的條件，後項即可成立，相當於「～その条件だけあれば」。中文意思是：「只要…（就）…」。

例文 a

手続<ruby>て つづ</ruby>きさえすれば、誰<ruby>だれ</ruby>でも入学<ruby>にゅうがく</ruby>できます。

只要辦手續，任何人都能入學。

◆ 比較說明 ◆

「すら」表示強調，有「強調主題」的作用。舉出一個極端例子，強調就連前項都這樣了，其他就更不用提了。後面跟否定相呼應。有導致消極結果的傾向。後面只接負面評價。「さえ～ば」表示條件，強調「只要有前項最基本的條件，就能實現後項」。後面跟假設條件的「ば、たら、なら」相呼應。後面可以接正、負面評價。

すら【強調】	さえ〜ば【條件】
 例文A	 例文a

🎧 **Track 050**

10 にかたくない

不難…、很容易就能…

接續方法 {名詞；動詞辭書形}＋に難くない

意思1

【難易】 表示從某一狀況來看，不難想像，誰都能明白的意思。前面多用「想像する、理解する」等理解、推測的詞，書面用語。中文意思是：「不難…、很容易就能…」。

例文A

このままでは近_{ちか}い将来_{しょうらい}、赤字経営_{あかじけいえい}になることは、予想_{よそう}するに難_{かた}くない。

不難想見若是照這樣下去，公司在不久的未來將會虧損。

比較

● 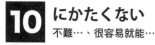 に（は）あたらない

不需要…、不必…、用不著…

接續方法 {動詞辭書形}＋に（は）当たらない

意 思

【程度】 接動詞辭書形時，為沒必要做某事，或對對方過度反應，表示那樣的反應是不恰當的。用在説話人對於某事評價較低的時候，多接「賞賛する（稱讚）、感心する（欽佩）、驚く（吃驚）、非難する（譴責）」等詞之後。中文意思是：「不需要…、不必…、用不著…」。

例文 a

この程度のできなら、称賛するに当たらない。

若是這種程度的成果，還不值得稱讚。

◆ 比較說明 ◆

「にかたくない」表示難易，強調「從現實因素，不難想像某事」
的概念。「不難、很容易」之意。表示從前面接的這一狀況來看，
不難想像某事態之意。書面用語。「にはあたらない」表示程度，
強調「沒有必要做某事」的概念。表示沒有必要做某事，那樣的反
應是不恰當的。用在說話人對於某事評價較低的時候。

🎧 Track 051

11 にかぎる
就是要…、…是最好的

接續方法 {名詞（の）；形容詞辭書形（の）；形容動詞詞幹（なの）；
　　　　動詞辭書形；動詞否定形}＋に限る

意思1

【最上級】 除了用來表示說話者的個人意見、判斷，意思是「…
是最好的」，相當於「が一番だ」，一般是被普遍認可的事情。還可
以用來表示限定，相當於「だけだ」。中文意思是：「就是要…、…
是最好的」。

例文A

疲れたときは、ゆっくりお風呂に入るに限る。

疲憊的時候若能泡個舒舒服服的熱水澡簡直快樂似神仙。

● のいたり（だ）

真是…到了極點、真是…、極其…、無比…

接續方法 {名詞}＋の至り（だ）

意 思

【極限】 前接「光栄、感激」等特定的名詞，表示一種強烈的情感，達到最高極限的狀態，多用在講客套話的時候，通常用在好的一面。中文意思是：「真是…到了極點、真是…、極其…、無比…」。

例文 a

こんな賞をいただけるとは、光栄の至りです。

能得到這樣的大獎，真是光榮之至。

◆ 比較說明 ◆

「にかぎる」表示最上級，表示說話人主觀地主張某事物是最好的。前接名詞、形容詞、形容動詞跟動詞。「のいたりだ」表示極限，表示一種強烈的情感，達到最高的狀態。前接名詞。

にかぎる【最上級】

例文 A

のいたりだ【極限】

例文 a

5 実力テスト 做對了，往 ☺ 走，做錯了往 ✖ 走。

次の文の_____にはどんな言葉を入れたらよいか。1・2から最も適当なものをひとつ選びなさい。

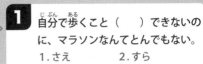

實力測驗
Q 哪一個是正確的？

1 自分で歩くこと（　　）できないのに、マラソンなんてとんでもない。
　　1．さえ　　　　2．すら

譯
　1．さえ：只要（就）…
　2．すら：就連…都…

2 彼の名前を耳にする（　　）、身震いがする。
　　1．だに　　　　2．すら

譯
　1．だに：一…就…
　2．すら：就連…都…

3 特にこれ（　　）好きなお酒もありません。
　　1．といって　　　2．といえば

譯
　1．といって：沒有特別的…
　2．といえば：說到…

4 予想（　　）好調な出だしで、なによりです。
　　1．に加えて　　　2．にもまして

譯
　1．に加えて：而且…
　2．にもまして：更加地…

5 あまり帰省し（　　）、よく電話はしていますよ。
　　1．までもなく　　2．ないまでも

譯
　1．までもなく：用不著…
　2．ないまでも：沒有…至少也…

6 一言一句（　　）漏らさず書きとりました。
　　1．たりとも　　　2．なりと

譯
　1．たりとも：哪怕…也不…
　2．なりと：不管…

7 私がいくら説得した（　　）、彼は聞く耳を持たない。
　　1．ところで　　　2．が最後

譯
　1．ところで〜ない：即使…也不…
　2．が最後：（一旦…）就必定…

8 甚大な被害が出ていることは想像に（　　）。
　　1．あたらない　　2．難くない

譯
　1．にあたらない：不需要…
　2．に難くない：不難…

答案：(1) 2　(2) 1　(3) 1
　　　(4) 2　(5) 2　(6) 1
　　　(7) 1　(8) 2

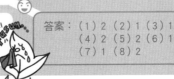

Chapter

6

★★★★★

話題、評価、判断、比喩、手段

1 ときたら
2 にいたって（は／も）
3 には、におかれましては
4 たる（もの）
5 ともあろうものが
6 と（も）なると、と（も）なれば

7 なりに（の）
8 （が）ごとし、ごとく、ごとき
9 んばかり（だ／に／の）
10 をもって
11 をもってすれば、をもってしても

🎧 Track 052

1 ときたら
說到…來、提起…來

接續方法 {名詞}＋ときたら

意思1

【話題】 表示提起話題，説話人帶著譴責和不滿的情緒，對話題中與自己關係很深的人或事物的性質進行批評，後也常接「あきれてしまう、嫌になる」等詞。批評對象一般是説話人身邊，關係較密切的人物或事。用於口語。有時也用在自嘲的時候。中文意思是：「説到…來、提起…來」。

例文A

小山課長の説教ときたら、同じ話を3回は繰り返すからね。

要說小山課長的訓話總是那套模式，同一件事必定重複講三次。

比較

● といえば、といったら
談到…、提到…就…、説起…、（或不翻譯）

接續方法 {名詞}＋といえば、といったら

意思

【話題】 用在承接某個話題，從這個話題引起自己的聯想，或對這個話題進行説明。中文意思是：「談到…、提到…就…、説起…、（或不翻譯）」。

日本料理といったら、おすしでしょう。

談到日本料理，那就非壽司莫屬了。

◆ 比較說明 ◆

「ときたら」表示話題，強調「帶著負面的心情提起話題」的概念。消極地承接某人提出的話題，而對話題中的人或事，帶著譴責和不滿的情緒進行批評。比「といったら」還要負面、被動。「といったら」也表話題，強調「提起話題」的概念，表示在某一場合下，某人積極地提出某話題，或以自己心裡想到的事情為話題，後項是對有關此事的敘述，或又聯想到另一件事。

ときたら【話題】

例文 A

といったら【話題】

例文 a

🎧 Track 053

2 にいたって（は／も）
(1) 到…階段（才）；(2) 即使到了…程度；(3) 至於、談到

接續方法 {名詞；動詞辭書形}＋に至って（は／も）

意思 1

【結果】「に至って」表示到達某極端狀態的時候，後面常接「初めて、やっと、ようやく」。中文意思是：「到…階段（才）」。

例文 A

印刷の段階に至って、初めて著者名の誤りに気がついた。

直到了印刷階段，才初次發現作者姓名誤植了。

【話題】「に至っても」表示即使到了前項極端的階段的意思，屬於「即使…但也…」的逆接用法。後項常伴隨「なお（尚）、まだ（還）、未だに（仍然）」或表示狀態持續的「ている」等詞。中文意思是：「即使到了…程度」。

例文B

死者が出るに至っても、国はまだ法律の改正に動こうとしない。

即便已經有人因此罹難，政府仍然沒有啟動修法的程序。

意思3

【話題】「に至っては」用在引出話題。表示從幾個消極、不好的事物中，舉出一個極端的事例來說明。中文意思是：「至於、談到」。

例文C

数学も化学も苦手だ。物理に至っては、外国語を聞いているようだ。

我的數學和化學科目都很差，至於提到物理課那簡直像在聽外語一樣。

比較

● にしては

照…來說…、就…而言算是…、從…這一點來說，算是…的、作為…，相對來說…

接續方法 {名詞；形容動詞詞幹；動詞普通形}＋にしては

意　思

【反預料】表示現實的情況，跟前項提的標準相差很大，後項結果跟前項預想的相反或出入很大。含有疑問、諷刺、責難、讚賞的語氣。相當於「割には」。中文意思是：「照…來說…、就…而言算是…、從…這一點來說，算是…的、作為…，相對來說…」。

例文c

社長の代理にしては、頼りない人ですね。

做為代理社長來講，他不怎麼可靠呢。

◆ 比較説明 ◆

「にいたっては」表示話題，強調「引出話題」的概念。表示從幾個消極、不好的事物中，舉出一個極端的事例來進行說明。「にしては」表示反預料，強調「前後情況不符」的概念。表示以前項的比較標準來看，後項的現實情況是不符合的。是評價的觀點。

🎧 Track 054

3 には、におかれましては
在…來說

接續方法 {名詞}＋には、におかれましては

意思1

【話題】 提出前項的人或事，問候其健康或經營狀況等表現方式。前接地位、身份比自己高的人或事，表示對該人或事的尊敬。語含最高的敬意。「におかれましては」是更鄭重的表現方法。前常接「先生、皆樣」等詞。中文意思是：「在…來說」。

例文A

紅葉の季節となりました。皆様におかれましてはいかがお過ごしでしょうか。

時序已入楓紅，各位是否別來無恙呢？

比較

● にて、でもって
於…

接續方法 {名詞}＋にて、でもって

【時點】「にて」表示結束的時間，是書面用語。中文意思是：「於…」。

例文 a

もう時間なので本日はこれにて失礼いたします。

時間已經很晚了，所以我就此告辭了。

◆ 比較說明 ◆

「には」表示話題，前接地位、身份比自己高的人，或是對方所屬的組織、團體的尊稱，表示對該人的尊敬，後項後接為請求或詢問健康、近況、祝賀或經營狀況等的問候語。語含最高的敬意。「にて」表示時點，表示結束的時間；也表示手段、方法、原因或限度，後接所要做的事情或是突發事件。屬於客觀的說法，宣佈、告知的語氣強。

には【話題】

例文 A

にて【時點】

例文 a

🎧 Track 055

4　たる（もの）

作為…的…、位居…、身為…

接續方法 {名詞} ＋たる（者）

意思 1

【評價的觀點】表示斷定或肯定的判斷。前接高評價的事物、高地位的人、國家或社會組織，表示照社會上的常識、認知來看，應該會有合乎這種身分的影響或做法，所以後常和表示義務的「べきだ、なければならない」等相呼應。「たる」給人有莊嚴、慎重、誇張的印象。演講及書面用語。中文意思是：「作為…的…、位居…、身為…」。

経営者<ruby>け<rt></rt></ruby>たる者は、まず危機管理能力がなければならない。

既然位居經營階層，首先非得具備危機管理能力不可。

● なる

變成…

接續方法 {名詞；形容動詞詞幹；形容詞く形}＋なる

意 思

【變化】 表示人或事物狀態的改變，非人為意圖的變化。中文意思是：「變成…」。

例文a

厳しかった父は、老いてすっかり穏やかになった。

嚴厲的父親，年老後變得平和豁達許多了。

◆ 比較說明 ◆

「たるもの」表示評價的觀點，強調「價值跟資格」的概念。前接某身份、地位，後接符合其身份、地位，應有姿態、影響或做法。「なる」表示變化，強調「變化」的概念，表示人事物的狀態變成不同的狀態。是一種無意圖的變化。

5 ともあろうものが
身為…卻…、堂堂…竟然…、名為…還…

接續方法 {名詞}＋ともあろう者が

意思 1

【評價的觀點】 表示具有聲望、職責、能力的人或機構，其所作所為，就常識而言是與身份不符的。「ともあろう者が」後項常接「とは／なんて、〜」，帶有驚訝、憤怒、不信及批評的語氣，但因為只用「ともあろう者が」便可傳達說話人的心情，因此也可能省略後項驚訝等的語氣表現。前接表示社會地位、身份、職責、團體等名詞，後接表示人、團體等名詞，如「者、人、機關」。中文意思是：「身為…卻…、堂堂…竟然…、名為…還…」。

例文A

教育者ともあろう者が、一人の先生を仲間外れにするとは、呆れてものが言えない。

身為杏壇人士，居然刻意排擠某位教師，這種行徑簡直令人瞠目結舌。

補充 1

〖ともあろうＮが〗 若前項並非人物時，「者」可用其它名詞代替。

例 文

Ａ新聞ともあろう新聞社が、週刊誌のような記事を載せて、がっかりだな。

鼎鼎大名的 A 報報社居然登出無異於週刊之流的低俗報導，太令人失望了。

補充 2

〖ともあろうもの＋に〗「ともあろう者」後面常接「が」，但也可接其他助詞。

差別発言を繰り返すとは、政治家ともあろうものに
あってはならないことだ。

身為政治家，無論如何都不被容許一再做出歧視性發言。

● たる (もの)

作為…的…

接續方法 {名詞}＋たる (者)

意 思

【評價的觀點】 表示斷定或肯定的判斷。前接高評價的事物、高
地位的人、國家或社會組織，表示照社會上的常識、認知來看，應
該會有合乎這種身分的影響或做法，所以後常和表示義務的「べき
だ、なければならない」等相呼應。「たる」給人有莊嚴、慎重、
誇張的印象。書面用語。中文意思是：「作為…的…」。

例文 a

彼はリーダーたる者に求められる素質を備えている。

他擁有身為領導者應當具備的特質。

◆ 比較說明 ◆

「ともあろうものが」表示評價的觀點，強調「立場」的概念。前
接表示具有社會地位、具有聲望、身份的人。後接所作所為與身份
不符，帶有不信、驚訝及批評的語氣。「たるもの」也表評價的觀
點，也強調「立場」的概念。前接高地位的人或某種責任的名詞，
後接符合其地位、身份，應有的姿態的內容。書面或演講等正式場
合的用語。

ともあろうものが【評價的觀點】

例文A

たるもの【評價的觀點】

例文a

6 と (も) なると、と (も) なれば

要是…那就…、如果…那就…、一旦處於…就…、每逢…就…、既然…就…

接續方法 {名詞；動詞普通形} ＋と (も) なると、と (も) なれば

意思1

【評價的觀點】 前接時間、職業、年齡、作用、事情等名詞或動詞，表示如果發展到某程度，用常理來推斷，就會合理所當然導向某種結論、事態、狀況及判斷。後項多是與前項狀況變化相應的內容。中文意思是：「要是…那就…、如果…那就…、一旦處於…就…、每逢…就…、既然…就…」。

例文A

この砂浜（すなはま）は週末（しゅうまつ）ともなると、カップルや家族連（かぞくづ）れで賑（にぎ）わう。

這片沙灘每逢週末總是擠滿了一雙雙情侶和攜家帶眷的遊客。

比較

● とあれば

如果…那就…、假如…那就…

接續方法 {名詞；[名詞・形容詞・形容動詞・動詞] 普通形；形容動詞詞幹} ＋とあれば

【條件】是假定條件的說法。表示如果是為了前項所提的事物，是可以接受的，並將取後項的行動。前面常跟表示目的的「ため」一起使用，表示為了假設情形的前項，會採取後項。後句不能出現表示請求或勸誘的句子。中文意思是：「如果…那就…、假如…那就…」。

例文 a

デザートを食べるためとあれば、食事を我慢しても構わない。

假如是為了吃甜點，不吃正餐我也能忍。

◆ 比較說明 ◆

「ともなると」表示評價的觀點，強調「如果發展到某程度，當然就會出現某情況」的概念。含有強調前項，敘述果真到了前項的情況，就當然會出現後項的語意。可以陳述現實性狀況，也能陳述假定的狀況。「とあれば」表示條件，表示假定條件。強調「如果出現前項情況，就採取後項行動」的概念。表示如果是為了前項所提的事物，是可以接受的，並採取後項的行動。後句不能出現表示請求或勸誘的句子。

ともなると【評價的觀點】 例文 A

とあれば【條件】 例文 a

7 ## なりに（の）
與…相適、從某人所處立場出發做…、那般…（的）、那樣…（的）、這套…（的）

接續方法 {名詞；形容動詞詞幹；[形容詞・動詞] 普通形}＋なりに（の）

【判斷的立場】表示根據話題中人切身的經驗、個人的能力所及的範圍，含有承認前面的人事物有欠缺或不足的地方，在這基礎上，依然盡可能發揮或努力地做後項與之相符的行為。多有「幹得相當好、已經足夠了、能理解」的正面評價意思。用「なりの名詞」時，後面的名詞，是指與前面相符的事物。中文意思是：「與…相適、從某人所處立場出發做…、那般…（的）、那樣…（的）、這套…（的）」。

例文A

外国人に道を聞かれて、英語ができないなりに頑張って案内した。

外國人向我問路，雖然我不會講英語，還是努力比手畫腳地為他指了路。

補　充

〖私なりに〗要用種謙遜、禮貌的態度敘述某事時，多用「私なりに」等。

例　文

私なりに精一杯やりました。負けても後悔はありません。

我已經竭盡自己的全力了。就算輸了也不後悔。

比較

● ならでは（の）

正因為…才有（的）、只有…才有（的）

接續方法 {名詞}＋ならでは（の）

意　思

【限定】表示對「ならでは（の）」前面的某人事物的讚嘆，含有如果不是前項，就沒有後項，正因為是這人事物才會這麼好。是一種高度評價的表現方式，所以在商店的廣告詞上，有時可以看到。置於句尾的「ならではだ」，表示肯定之意。中文意思是：「正因為…才有（的）、只有…才有（的）」。

例文a

決勝戦ならではの盛り上がりを見せている。

比賽呈現出決賽才會有的激烈氣氛。

◆ 比較說明 ◆

「なりに」表示判斷的立場，強調「與立場相符的行為等」的概念。表示根據話題中人，切身的經驗、個人的能力所及的範圍，含有承認話題中人有欠缺或不足的地方，在這基礎上，做後項與之相符的行為。多有正面的評價的意思。「ならではの」表示限定，強調「後項事物能成立的唯一條件」的概念。表示對「ならでは」前面的某人事物的讚嘆，正因為是這人事物才會這麼好。是一種高度評價的表現方式。

なりに【判斷的立場】	ならではの【限定】
例文A 	例文a 

🎧 Track 059

8　（が）ごとし、ごとく、ごとき
如…一般（的）、同…一樣（的）

意思1

【比喻】{名詞の；動詞辭書形；動詞た形} ＋（が）如し、如く、如き。好像、宛如之意，表示事實雖然不是這樣，如果打個比方的話，看上去是這樣的，「ごとし」是「ようだ」的古語。中文意思是：「如…一般（的）、同…一樣（的）」。

例文A

病室の母の寝顔は、微笑むがごとく穏やかなものだった。

當時躺在病房裡的母親睡顏，彷彿面帶微笑一般，十分安詳。

補充1

〖格言〗出現於中國格言中。

過ぎたるは猶及ばざるが如し。

過猶不及。

〖Ｎごとき（に）〗{名詞}＋如き（に）。「ごとき（に）」前接名詞如果是別人時，表示輕視、否定的意思，相當於「なんか（に）」；如果是自己「私」時，則表示謙虛。

この俺様が、お前ごときに負けるものか。

本大爺豈有敗在你手下的道理！

〖位置〗「ごとし」只放在句尾；「ごとく」放在句中；「ごとき」可以用「ごとき＋名詞」的形式，形容「宛如…的…」。

比較

● らしい

好像…、似乎…

接續方法 {名詞；形容動詞詞幹；[形容詞・動詞] 普通形}＋らしい

意　思

【據所見推測】 表示從眼前可觀察的事物等狀況，來進行判斷。中文意思是：「好像…、似乎…」。

王さんがせきをしている。風邪を引いているらしい。

王先生在咳嗽。他好像是感冒了。

◆ 比較說明 ◆

「ごとし」表示比喻，強調「説明某狀態」的概念。表示事實雖然不是這樣，如果打個比方的話，看上去是這樣的。「らしい」表示據所見推測，強調「觀察某狀況」的概念。表示從眼前可觀察的事物等狀況，來進行判斷；也表示樣子，表示充分反應出該事物的特徵或性質的意思。「有…風度」之意。

ごとし【比喩】　例文A

らしい【據所見推測】　例文a

9 んばかり（だ／に／の）
簡直是…、幾乎要…（的）、差點就…（的）

接續方法 {動詞否定形（去ない）}＋んばかり（に／だ／の）

意思 1

【比喻】 表示事物幾乎要達到某狀態，或已經進入某狀態了。前接形容事物幾乎要到達的狀態、程度，含有程度很高、情況很嚴重的語意。「んばかりに」放句中。中文意思是：「簡直是…、幾乎要…（的）、差點就…（的）」。

例文A

彼は、あと１週間だけ待ってくれ、と泣き出さんばかりに訴えた。

那時他幾乎快哭出來似地央求我再給他一個星期的時間。

補充 1

『句尾－んばかりだ』「んばかりだ」放句尾。

例文

空港は、彼女を一目見ようと押し寄せたファンで溢れんばかりだった。

機場湧入了只為見她一面的大批粉絲。

〖句中ーんばかりの〗「んばかりの」放句中，後接名詞。口語少用，屬於書面用語。

例 文

王選手（おうせんしゅ）がホームランを打（う）つと、球場（きゅうじょう）は割（わ）れんばかりの拍手（はくしゅ）に包（つつ）まれた。

王姓運動員揮出一支全壘打，球場立刻響起了熱烈的掌聲。

比較

● (か) とおもいきや

原以為…、誰知道…

接續方法 {[名詞・形容詞・形容動詞・動詞] 普通形；引用的句子或詞句 } ＋ (か) と思いきや

意 思

【預料外】 表示按照一般情況推測，應該是前項的結果，但是卻出乎意料地出現了後項相反的結果，含有說話人感到驚訝的語感。後常跟「意外に (も)、なんと、しまった、だった」相呼應。本來是個古日語的說法，而古日語如果在現代文中使用通常是書面語，但「(か) と思いきや」多用在輕鬆的對話中，不用在正式場合。中文意思是：「原以為…、誰知道…」。

例文 a

素足（すあし）かと思（おも）いきや、ストッキングを履（は）いていた。

原本以為她打赤腳，沒想到是穿著絲襪。

◆ 比較說明 ◆

「んばかり」表示比喻，強調「幾乎要達到的程度」的概念。表示事物幾乎要達到某狀態，或已經進入某狀態了。書面用語。「かとおもいきや」表示預料外，強調「結果跟預料不同」的概念。表示按照一般情況推測，應該是前項的結果，但是卻出乎意料地出現了後項相反的結果。含有說話人感到驚訝的語感。用在輕快的口語中。

んばかり【比喩】

例文A

一週間待って

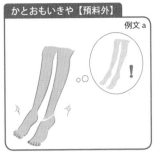

かとおもいきや【預料外】

例文a

🎧 **Track 061**

10 をもって
(1) 至…為止；(2) 以此…、用以…

接續方法 {名詞}＋をもって

意思1

【界線】 表示限度或界線，接在「これ、以上、本日、今回」之後，用來宣布一直持續的事物，到那一期限結束了，常見於會議、演講等場合或正式的文件上。中文意思是：「至…為止」。

例文A

以上（いじょう）をもって本日（ほんじつ）の講演（こうえん）を終（お）わります。

以上，今天的演講到此結束。

補 充

〖禮貌－をもちまして〗 較禮貌的説法用「をもちまして」的形式。

例 文

これをもちまして、第（だい）40回（かいそつぎょうしき）卒業式を終了（しゅうりょういた）致します。

第四十屆畢業典禮到此結束。禮成。

意思2

【手段】 表示行為的手段、方法、材料、中介物、根據、仲介、原因等，用這個做某事之意。一般不用來表示具體的道具。中文意思是：「以此…、用以…」。

115

例文 B

本日の面接の結果は、後日書面をもってお知らせします。

今日面談的結果將於日後以書面通知。

比較

● とともに

和…一起

接續方法 {名詞；動詞辭書形} ＋とともに

意 思

【並列】 表示與某人一起進行某行為，相當於「と一緒に」。中文
意思是：「和…一起」。

例文 b

バレンタインデーは彼女とともに過ごしたい。

情人節那天我想和女朋友一起度過。

◆ 比較說明 ◆

「をもって」表示手段，表示在前項的手段下進行後項。前接名詞。
「とともに」表示並列，表示前項跟後項一起進行某行為。前面也
接名詞。

11 をもってすれば、をもってしても

(1) 即使以…也…；(2) 只要用…

接續方法 {名詞}＋をもってすれば、をもってしても

意思1

【讓步】「をもってしても」後為逆接，從「限度和界限」成為「即使以…也…」的意思，後接否定，強調使用的手段或人選。含有「這都沒辦法順利進行了，還能有什麼別的方法呢」之意。中文意思是：「即使以…也…」。

例文A

最新の医学をもってしても、原因が不明の難病は少なくない。

即使擁有最先進的醫學技術，找不出病因的難治之症依然不在少數。

意思2

【手段】原本「をもって」表示行為的手段、工具或方法、原因和理由，亦或是限度和界限等意思。「をもってすれば」後為順接，從「行為的手段、工具或方法」衍生為「只要用…」的意思。中文意思是：「只要用…」。

例文B

現代の科学技術をもってすれば、生命誕生の神秘に迫ることも夢ではない。

只要透過現代的科學技術，探究出生命誕生的奧秘將不再是夢。

比較

● からといって

（不能）僅因…就…、即使…，也不能…

接續方法 {[名詞・形容動詞詞幹] だ；[形容詞・動詞] 普通形}＋からといって

【原因】 表示不能僅僅因為前面這一點理由，就做後面的動作，後面常接否定的説法。中文意思是：「（不能）僅因…就…、即使…，也不能…」。

例文 b

勉強ができるからといって偉いわけではありません。

即使會讀書，不代表就很了不起。

◆ 比較說明 ◆

「をもってすれば」表示手段，強調「只要是（有／用）…的話就…」，屬於順接。前接行為的手段、工具或方法，表示只要用前項就有機會成立，常接正面積極的句子。「からといって」表示原因，強調「不能僅因為…就…」的概念。屬於逆接。表示不能僅僅因為前面這一點理由，就做後面的動作，後面常接否定的説法。

6 実力テスト

做對了，往😊走，做錯了往✗走。

次の文の_____にはどんな言葉を入れたらよいか。1・2から最も適当なものをひとつ選びなさい。

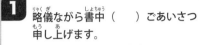

實力測驗
Q 哪一個是正確的？

1
略儀ながら書中（　　）ごあいさつ申し上げます。

1. にあって　　2. をもって

譯
1. にあって：處於…狀況之下
2. をもって：以此…

2
現代の科学をもって（　　）、証明できないとも限らない。

1. しても　　2. すれば

譯
1. をもってしても：即使是（用）…但也…
2. をもってすれば：只要是（用）…的話就…

3
彼はリーダー（　　）者に求められる素質を具えている。

1. なる　　2. たる

譯
1. なる：成為
2. たる者：作為…的…

4

近頃の若者（　　）、わがままといったらない。

1. といえば　　2. ときたら

譯
1. といえば：說到…
2. ときたら：提起…來

5
貴社（　　）、所要の対応を行うようお願い申し上げます。

1. におかれましては　　2. にて

譯
1. におかれましては：在…來說
2. にて：以…

6
東京都内の一軒家（　　）、とても手が出ません。

1. とあれば　　2. となれば

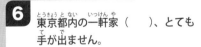

譯
1. とあれば：要是…那就…
2. となれば：如果…的話

7
現在に（　　）、10年前の交通事故の後遺症に悩まされている。

1. 至っても　　2. 至り

譯
1. に至っても：雖然到了…地步
2. に至り：到達…

 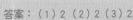

答案：(1) 2 (2) 2 (3) 2
(4) 2 (5) 1 (6) 2
(7) 1

Chapter 7

★★★★★

限定、無限度、極限

1 をおいて（〜ない）
2 をかぎりに
3 ただ〜のみ
4 ならでは（の）
5 にとどまらず（〜も）
6 にかぎったことではない
7 ただ〜のみならず

8 たらきりがない、ときりがない、ばきりがない、てもきりがない
9 かぎりだ
10 きわまる
11 きわまりない
12 にいたるまで
13 のきわみ（だ）

🎧 **Track 063**

1 をおいて（〜ない）
(1) 以…為優先；(2) 除了…之外（沒有）

接續方法 {名詞}＋をおいて（〜ない）

意思1

【優先】用「何をおいても」表示比任何事情都要優先。中文意思是：「以…為優先」。

例文A

あなたにもしものことがあったら、私は何をおいても
駆けつけますよ。

要是你有個萬一，我會放下一切立刻趕過去的！

意思2

【限定】限定除了前項之外，沒有能替代的，這是唯一的，也就是在某範圍內，這是最積極的選項。多用於給予很高評價的場合。中文意思是：「除了…之外（沒有）」。

例文B

これほど精巧な仕掛けが作れるのは、あの男をおいて
ない。

能夠做出如此精巧的機關，除了那個男人別無他人。

● をもって

至…為止

接續方法 {名詞}＋をもって

意思

【界線】 表示限度或界線，接在「これ、以上、本日、今回」之後，用來宣布一直持續的事物，到那一期限結束了，常見於會議、演講等場合或正式的文件上。中文意思是：「至…為止」。

例文 b

以上{い じょう}をもって、わたくしの挨拶{あいさつ}とさせていただきます。

以上是我個人的致詞。

◆ 比較說明 ◆

「をおいて」表示限定，強調「除了某事物，沒有合適的」之概念。表示從某範圍中，挑選出第一優先的選項，說明這是唯一的，沒有其他能替代的。多用於高度評價的場合。「をもって」表示界線，強調「以某時間點為期限」的概念。接在「以上、本日、今回」之後，用來宣布一直持續的事物，到那一期限結束了。

をおいて【限定】
例文 B

をもって【界線】
例文 b

🎧 Track 064

2 をかぎりに

(1) 盡量；(2) 從…起…、從…之後就不 (沒)…、以…為分界

接續方法 {名詞}＋を限りに

【限度】表示達到極限，也就是在達到某個限度之前做某事。中文意思是：「盡量」。

例文 A

彼^{かれ}らは、波間^{なみま}に見^みえた船^{ふね}に向^むかって、声^{こえ}を限^{かぎ}りに叫^{さけ}んだ。

他們朝著那艘在海浪間忽隱忽現的船隻聲嘶力竭地大叫。

意思 2

【限定】前接某時間點，表示在此之前一直持續的事，從此以後不再繼續下去。多含有從説話的時候開始算起，結束某行為之意。表示結束的詞常有「やめる、別れる、引退する」等。正、負面的評價皆可使用。中文意思是：「從…起…、從…之後就不（沒）…、以…為分界」。

例文 B

今日^{きょう}を限^{かぎ}りに禁煙^{きんえん}します。

我從今天起戒菸。

比較

● をかわきりに（して）、をかわきりとして
以…為開端開始…、從…開始

接續方法 {名詞}＋を皮切りに（して）、を皮切りとして

意 思

【起點】前接某個時間、地點等，表示以這為起點，開始了一連串同類型的動作。後項一般是和前項同類的事，連續發生的狀態或繁榮飛躍、事業興隆等內容。中文意思是：「以…為開端開始…、從…開始」。

例文 b

沖縄^{おきなわ}を皮切^{かわき}りに、各地^{かくち}が梅雨入^{つゆい}りしている。

從沖繩開始，各地陸續進入梅雨季。

◆ 比較說明 ◆

「をかぎりに」表示限定，強調「結尾」的概念。前接以某時間點、某契機，做為結束後項的分界點，後接從今以後不再持續的事物。正負面評價皆可使用。「をかわきりに」表示起點，強調「起點」的概念，以前接的時間點為開端，發展後面一連串同類的狀態或興盛發展的事物。後面常接「地點＋を回る」。

をかぎりに【限定】

例文B

をかわきりに【起點】

例文b

🎧 Track 065

3 ただ～のみ
只有…才…、只…、唯…、僅僅、是

接續方法 ただ＋{名詞（である）；形容詞辭書形；形容動詞詞幹である；動詞辭書形}＋のみ

意思1

【限定】表示限定除此之外，沒有其他。「ただ」跟後面的「のみ」相呼應，有加強語氣的作用，強調「沒有其他」集中一點的狀態。「のみ」是嚴格地限定範圍、程度，是規定性的、具體的。「のみ」是書面用語，意思跟「だけ」相同。中文意思是：「只有…才…、只…、唯…、僅僅、是」。

例文A

彼女（かのじょ）を動（うご）かしているのは、ただ医者（いしゃ）としての責任感（せきにんかん）のみだ。

是醫師的使命感驅使她，才一直堅守在這個崗位上。

● ならでは（の）

正因為…才有（的）、只有…才有（的）

接續方法 {名詞}＋ならでは（の）

意 思

【限定】 前面的某人事物的讚嘆，含有如果不是前項，就沒有後項，正因為是這人事物才會這麼好。是一種高度評價的表現方式，所以在商店的廣告詞上，有時可以看到。置於句尾，表示肯定之意。中文意思是：「正因為…才有（的）、只有…才有（的）」。

例文 a

この作品は若い監督ならではの、瑞々しい感性が評価された。

這部作品正是因為具備年輕導演才能詮釋的清新感，而備受好評。

◆ 比較說明 ◆

「ただ～のみ」表示限定，強調「限定具體範圍」的概念。表示除此範圍之外，都不列入考量。正、負面的內容都可以接。「ならではの」也表限定，但強調「只有某獨特才能等才能做得到」的概念。表示對「ならではの」前面的某人事物的讚嘆，正因為是這人事物才會這麼好。多表示積極的含意。

4 ならでは（の）
正因為…才有（的）、只有…才有（的）；若不是…是不…（的）

接續方法 {名詞}＋ならでは（の）

意思1

【限定】 表示對「ならでは（の）」前面的某人事物的讚嘆，含有如果不是前項，就沒有後項，正因為是這人事物才會這麼好。是一種高度評價的表現方式，所以在商店的廣告詞上，有時可以看到。置於句尾的「ならではだ」，表示肯定之意。中文意思是：「正因為…才有（的）、只有…才有（的）」。

例文A

この店のケーキのおいしさは手作りならではだ。

這家店的蛋糕如此美妙的滋味只有手工烘焙才做得出來。

補充

〖ならでは〜ない〗「ならでは〜ない」的形式，強調「如果不是…則是不可能的」的意思。中文意思是：「若不是…是不…（的）」。

例文

街中を大勢のマスクをした人が行き交うのは、東京ならでは見られない光景だ。

街上有非常多戴著口罩的人來來往往，這是在東京才能看見的景象。

比較

● ながら（に／の）
保持…的狀態

接續方法 {名詞；動詞ます形}＋ながら（に／の）

意思

【樣態】 前面的詞語通常是慣用的固定表達方式。表示「保持…的狀態下」，表明原來的狀態沒有發生變化，繼續持續。用「ながらの」時後面要接名詞。中文意思是：「保持…的狀態」。

ここでは、昔ながらの製法で、みそを作っている。

在這裡，我們是用傳統以來的製造方式來做味噌的。

◆ 比較說明 ◆

「ならではの」表示限定，強調「只有…才有的」的概念。表示感慨正因為前項這一唯一條件，才會有後項這高評價的內容。是一種高度的評價。「の」是代替「できない、見られない」等動詞的。「ながらの」表示樣態，強調「保持原有的狀態」的概念。表示原來的樣子原封不動，沒有發生變化的持續狀態。是一種固定的表達方式。「の」後面要接名詞。

ならではの【限定】 例文A

ながらの【樣態】 例文a

🎧 **Track 067**

5 にとどまらず（〜も）

不僅…還…、不限於…、不僅僅…

接續方法 {名詞（である）；動詞辭書形}＋にとどまらず（〜も）

意思1

【非限定】 表示不僅限於前面的範圍，更有後面廣大的範圍。前接一窄狹的範圍，後接一廣大的範圍。有時候「にとどまらず」前面會接格助詞「だけ、のみ」來表示強調，後面也常和「も、まで、さえ」等相呼應。中文意思是：「不僅…還也…、不限於…、不僅僅…」。

大気汚染による健康被害は国内にとどまらず、近隣諸
国にも広がっているそうだ。

據說空氣汙染導致的健康危害不僅僅是國內受害，還殃及臨近各國。

比較

● はおろか

不用說…、就連…

接續方法 {名詞}＋はおろか

意思

【附加】 後面多接否定詞。表示前項的一般情況沒有說明的必要，
以此來強調後項較極端的事例也不例外。後項常用「も、さえ、す
ら、まで」等強調助詞。含有說話人吃驚、不滿的情緒，是一種負
面評價。不能用來指使對方做某事，所以不接命令、禁止、要求、
勸誘等句子。中文意思是：「不用說…、就連…」。

例文 a

後悔はおろか、反省もしていない。

別說是後悔了，就連反省都沒有。

◆ 比較說明 ◆

「にとどまらず」表示非限定，強調「後項範圍進一步擴大」的概
念。表示某事已超過了前接的某一窄狹範圍，事情已經涉及到後接
的這一廣大範圍了。後面和「も、まで、さえ」相呼應。「はおろか」
表示附加，強調「後項程度更高」的概念。表示前項的一般情況沒
有說明的必要，以此來強調後項較極端的事態也不例外。含有說話
人吃驚、不滿的情緒，是一種負面評價。後面多接否定詞。

にとどまらず【非限定】

例文A

はおろか【附加】

例文a

後悔　反省

6 にかぎったことではない
不僅僅…、不光是…、不只有…

接續方法 {名詞}＋に限ったことではない

意思1

【非限定】表示事物、問題、狀態並不是只有前項這樣，其他場合也有同樣的問題等。經常用於表示負面的情況。中文意思是：「不僅僅…、不光是…、不只有…」。

例文A

あの家から怒鳴り声が聞こえてくるのは今日に限ったことじゃないんです。

今天並非第一次聽見那戶人家傳出的怒斥聲。

比較

● にかぎらず
不只…

接續方法 {名詞}＋に限らず

意思

【非限定】表示不限於某一個範圍。中文意思是：「不只…」。

例文a

この店は、週末に限らずいつも混んでいます。

這家店不分週末或平日，總是客滿。

「にかぎったことではない」表示非限定，表示不僅限於前項，還有範圍不受限定的後項。「にかぎらず」也表非限定，表示不僅止是前項，還有範圍更廣的後項。

にかぎったことではない【非限定】

例文A

にかぎらず【限定】

例文a

🎧 Track 069

7 ただ〜のみならず
不僅…而且、不只是…也

接續方法 ただ＋{名詞（である）；形容詞辭書形；形容動詞詞幹である；動詞辭書形}＋のみならず

意思1

【非限定】 表示不僅只前項這樣，後接的涉及範圍還要更大、還要更廣，前項和後項的內容大多是互相對照、類似或並立的。後常和「も」相呼應，比「のみならず」語氣更強。是書面用語。中文意思是：「不僅…而且、不只是…也」。

例文A

おとこ
男はただ酔って騒いだのみならず、店員を殴って逃走
した。

那個男人非但酒後鬧事，還在毆打店員之後逃離現場了。

● はいうにおよばず、はいうまでもなく

不用說…（連）也、不必說…就連…

接續方法 {名詞}＋は言うに及ばず、は言うまでもなく
{[名詞・形容動詞詞幹]な；[形容詞・動詞]普通形}＋
は言うに及ばず、のは言うまでもなく

意 思

【不必要】表示前項很明顯沒有説明的必要，後項較極端的事例
當然就也不例外。是一種遞進、累加的表現，正、反面評價皆可使
用。常和「も、さえも、まで」等相呼應。古語是「〜は言わずも
がな」。中文意思是：「不用説…（連）也、不必説…就連…」。

例文 a

しゃちょう い およ じゅうやく みな かね
社長は言うに及ばず、重役も皆、金もうけのことしか
かんが
考えていない。

總經理就不用說了，包括所有的董事，腦子裡也只想著賺錢這一件事。

◆ 比較説明 ◆

「ただ〜のみならず」表示非限定，強調「非限定具體範圍」的概念。
表示不僅只是前項，還涉及範圍還更大，前項和後項一般是類似或
互為對照、並立的內容。後面常和「も」相呼應。是書面用語。「は
いうまでもなく」表示不必要，強調「沒有説明前項的必要」的概
念。表示前項很明顯沒有説明的必要，後項較極端的事例也不例外。
是一種遞進、累加的表現。常和「も、さえも、まで」等相呼應。

ただ〜のみならず【非限定】
例文A

はいうにおよばず【不必要】
例文a

8 たらきりがない、ときりがない、ばきりがない、てもきりがない

沒完沒了

接續方法 {動詞た形}＋たらきりがない、{動詞て形}＋てもきり
がない、{動詞辭書形}＋ときりがない、{動詞假定形}＋
ばきりがない

意思 1

【無限度】 前接動詞，表示是如果做前項的動作，會永無止盡，
沒有限度、沒有結束的時候。中文意思是：「沒完沒了」。

例文 A

<ruby>細<rt>こま</rt></ruby>かいことを<ruby>言<rt>い</rt></ruby>うときりがないから、<ruby>全員<rt>ぜんいん</rt></ruby>１<ruby>万円<rt>まんえん</rt></ruby>ずつ
にしよう。

逐一分項計價實在太麻煩了，乾脆每個人都算一萬圓吧！

比較

● にあって（は／も）

在…之下、處於…情況下

接續方法 {名詞}＋にあって（は／も）

意思

【時點】「にあっては」前接場合、地點、立場、狀況或階段，表
示因為處於前面這一特別的事態、狀況之中，所以有後面的事情，
這時候是順接。中文意思是：「在…之下、處於…情況下」。

例文 a

この<ruby>上<rt>うえ</rt></ruby>ない<ruby>緊張状態<rt>きんちょうじょうたい</rt></ruby>にあって、<ruby>手足<rt>てあし</rt></ruby>が<ruby>小刻<rt>こきざ</rt></ruby>みに<ruby>震<rt>ふる</rt></ruby>えて
いる。

在這前所未有的緊張感之下，手腳不停地顫抖。

「たらきりがない」表示無限度，前接動詞，表示如果觸及了前項的動作，會永無止境、沒有限度、沒有終結。「にあっては」表示時點，前接時間、地點及狀況等詞，表示處於前面這一特別的事態、狀況之中，所以有後面的事情。這時是順接。屬於主觀的說法。

たらきりがない【無限度】
例文A

にあっては【時點】
例文a

🎧 Track 071

9 かぎりだ

(1) 只限…、以…為限；(2) 真是太…、…得不能再…了、極其…

接續方法 {名詞；形容詞辭書形；形容動詞詞幹な}＋限りだ

意思1

【限定】 如果前接名詞時，則表示限定，這時大多接日期、數量相關詞。中文意思是：「只限…、以…為限」。

例文A

父は今年限りで定年退職です。

<ruby>父<rt>ちち</rt></ruby>は<ruby>今年<rt>ことし</rt></ruby><ruby>限<rt>かぎ</rt></ruby>りで<ruby>定年退職<rt>ていねんたいしょく</rt></ruby>です。

家父將於今年屆齡退休。

意思2

【極限】 表示喜怒哀樂等感情的極限。這是說話人自己在當時，有一種非常強烈的感覺，這個感覺別人是不能從外表客觀地看到的。由於是表達說話人的心理狀態，一般不用在第三人稱的句子裡。中文意思是：「真是太…、…得不能再…了、極其…」。

この公園を潰して、マンションを建てるそうだ。残念
な限りだ。

據說這座公園將被夷為平地，於原址建起一棟大廈。實在太令人遺憾了。

比較

● のいたり（だ）

真是…到了極點、真是…、極其…、無比…

接續方法 {名詞}＋の至り（だ）

意思

【極限】 前接「光栄、感激、慶賀」等特定的名詞，表示一種強烈
的情感，達到最高極限的狀態，多用在講客套話的時候，通常用在
好的一面。中文意思是：「真是…到了極點、真是…、極其…、無
比…」。

例文b

創刊50周年を迎えることができ、慶賀の至りです。

能夠迎接創刊五十週年，真是值得慶祝。

◆ 比較說明 ◆

「かぎりだ」表示極限，表示說話人喜怒哀樂等心理感情的極限。
用在表達說話人心情的，不用在第三人稱上。前面可以接名詞、形
容詞及形容動詞，常接「うれしい、羨ましい、残念な」等詞。「の
いたりだ」也表極限，表示說話人要表達一種程度到了極限的強烈
感情。前面接名詞，常接「光栄、感激、赤面」等詞。

10 きわまる
極其…、非常…、…極了

意思1

【極限】 {形容動詞詞幹} ＋きわまる。形容某事物達到了極限，再也沒有比這個更為極致了。這是說話人帶有個人感情色彩的說法。是書面用語。中文意思是：「極其…、非常…、…極了」。

例文A

ぶちょう じょせいしゃいん たい たいど しつれいきわ
部長の女性社員に対する態度は失礼極まる。

經理對待女性職員的態度極度無禮。

補充1

〖N（が）きわまって〗 {名詞（が）} ＋きわまって。前接名詞。

例文

たぼう きわ からだ こわ
多忙が極まって、体を壊した。

由於忙得不可開交，結果弄壞了身體。

補充2

〖前接負面意義〗 常接「勝手、大胆、失礼、危険、残念、贅沢、卑劣、不愉快」等，表示負面意義的形容動詞詞幹之後。

比較

● ならでは（の）
正因為…才有（的）、只有…才有（的）

接續方法 {名詞} ＋ならでは（の）

意思

【限定】 表示對「ならでは（の）」前面的某人事物的讚嘆，含有如果不是前項，就沒有後項，正因為是這人事物才會這麼好。是一種高度評價的表現方式，所以在商店的廣告詞上，有時可以看到。置於句尾的「ならではだ」，表示肯定之意。中文意思是：「正因為…才有（的）、只有…才有（的）」。

お正月<ruby>正月<rt>しょうがつ</rt></ruby>ならではの雰囲気<ruby>雰囲気<rt>ふんいき</rt></ruby>が漂<ruby>漂<rt>ただよ</rt></ruby>っている。

到處充滿一股過年特有的氣氛。

◆ 比較說明 ◆

「きわまる」表示極限，形容某事物達到了極限，再也沒有比這個程度還要高了。帶有說話人個人主觀的感情色彩。是古老的表達方式。「ならではの」表示限定，表示對「ならではの」前面的某人事物的讚嘆，正因為是這人事物才會這麼好。是一種高度評價的表現方式，所以在公司或商店的廣告詞上，常可以看到。

きわまる【極限】 例文A

ならではの【限定】 例文a

🎧 Track 073

きわまりない
極其…、非常…

接續方法 {形容詞辭書形こと；形容動詞詞幹（なこと）}＋きわまりない

意思1

【極限】「きわまりない」是「きわまる」的否定形，雖然是否定形，但沒有否定意味，意思跟「きわまる」一樣。「きわまりない」是形容某事物達到了極限，再也沒有比這個更為極致了，這是說話人帶有個人感情色彩的說法，跟「きわまる」一樣。中文意思是：「極其…、非常…」。

例文A

いきなり電話<ruby>電話<rt>でんわ</rt></ruby>を切<ruby>切<rt>き</rt></ruby>られ、不愉快<ruby>不愉快<rt>ふゆかい</rt></ruby>極<ruby>極<rt>きわ</rt></ruby>まりなかった。

冷不防被掛了電話，令人不悅到了極點。

〖前接負面意義〗 前面常接「残念、残酷、失礼、不愉快、不親切、不可解、非常識」等負面意義的漢語。另外,「きわまりない」還可以接在「形容詞、形容動詞＋こと」的後面。

比較

● のきわみ (だ)

真是…極了、十分地…、極其…

接續方法 {名詞}＋の極み (だ)

意 思

【極限】 形容事物達到了極高的程度。強調這程度已經超越一般,到達頂點了。大多用來表達説話人激動時的那種心情。前面可接正面或負面、或是感情以外的詞。前接情緒的詞表示感情激動,接名詞則表示程度極致。「感激の極み (感激萬分)、痛恨の極み (極為遺憾)」是常用的形式。中文意思是:「真是…極了、十分地…、極其…」。

例文 a

大の大人がこんなこともできないなんて、無能の極みだ。

堂堂的一個大人連這種事都做不好,真是太沒用了。

◆ 比較說明 ◆

「きわまりない」表示極限,強調「前項程度達到極限」的概念。形容某事物達到了極限,再也沒有比這個更為極致了。「A きわまりない」表示非常的 A,強調 A 的表現。這是説話人帶有個人感情色彩的説法。「のきわみ」也表極限,強調「前項程度高到極點」的概念。「A のきわみ」表示 A 的程度高到極點,再沒有比 A 更高的了。

きわまりない【極限】 例文A

のきわみ【極限】 例文a

🎧 Track 074

12 にいたるまで
…至…、直到…

接續方法 {名詞}＋に至るまで

意思1

【極限】 表示事物的範圍已經達到了極端程度，對象範圍涉及很廣。由於強調的是上限，所以接在表示極端之意的詞後面。前面常和「から」相呼應使用，表示從這裡到那裡，此範圍都是如此的意思。中文意思是：「…至…、直到…」。

例文A

うちの<ruby>会社<rt>かいしゃ</rt></ruby>では<ruby>毎朝<rt>まいあさ</rt></ruby>、<ruby>若手<rt>わかて</rt></ruby><ruby>社員<rt>しゃいん</rt></ruby>から<ruby>社長<rt>しゃちょう</rt></ruby>に<ruby>至<rt>いた</rt></ruby>るまで<ruby>全<rt>ぜん</rt></ruby><ruby>員<rt>いん</rt></ruby>でラジオ<ruby>体操<rt>たいそう</rt></ruby>をします。

我們公司每天早上從新進職員到總經理的全體員工都要做國民健身操（廣播體操）。

比較

● から～にかけて
從…到…

接續方法 {名詞}＋から＋{名詞}＋にかけて

意思

【範圍】 表示兩個地點、時間之間一直連續發生某事或某狀態的意思。跟「から～まで」相比，「から～まで」著重在動作的起點與終點，「から～にかけて」只是籠統地表示跨越兩個領域的時間或空間。中文意思是：「從…到…」。

例文 a

この辺りからあの辺りにかけて、畑が多いです。

這頭到那頭，有很多田地。

◆ 比較說明 ◆

「にいたるまで」表示極限，強調「事物已到某極端程度」的概念。前接從理所當然，到每個細節的事物，後接全部概括毫不例外。除了地點之外，還可以接人事物。常與「から」相呼應。「から～にかけて」表示範圍，強調「籠統地跨越兩個領域」的概念。籠統地表示，跨越兩個領域的時間或空間。不接時間或是空間以外的詞。

にいたるまで【極限】

A社

例文 A

から～にかけて【範圍】

例文 a

🎧 Track 075

13 のきわみ（だ）
真是…極了、十分地…、極其…

接續方法 {名詞}＋の極み（だ）

意思 1

【極限】 形容事物達到了極高的程度。強調這程度已經超越一般，到達頂點了。大多用來表達說話人激動時的那種心情。前面可接正面或負面、或是感情以外的詞。前接情緒的詞表示感情激動，接名詞則表示程度極致。「**感激の極み**（感激萬分）、**痛恨の極み**（極為遺憾）」是常用的形式。中文意思是：「真是…極了、十分地…、極其…」。

このレストランのコース料理は贅沢のきわみと言え
よう。

這家餐廳的套餐可說是極盡豪華之能事。

比較

● ことだ

就得…、應當…、最好…

接續方法 {動詞辭書形；動詞否定形}＋ことだ

意　思

【忠告】 説話人忠告對方，某行為是正確的或應當的，或某情況下
將更加理想，口語中多用在上司、長輩對部屬、晚輩，相當於「～し
たほうがよい」。中文意思是：「就得…、應當…、最好…」。

例文a

文句があるなら、はっきり言うことだ。

如果有什麼不滿，最好要說清楚。

◆ 比較說明 ◆

「のきわみだ」表示極限，強調「事物達到極高程度」的概念。形
容事物達到了極高的程度。強調這程度已到達頂點了。大多用來表
達説話人激動時的那種心情。前面可接正面或負面的詞。「ことだ」
表示忠告，強調「某行為是正確的」之概念。表示一種間接的忠告
或命令。説話人忠告對方，某行為是正確的或應當的，或某情況下
將更加理想。口語中多用在上司、長輩對部屬、晚輩。

のきわみだ【極限】　例文A

ことだ【忠告】　例文a

はっきり言って

実力テスト 做對了，往😊走，做錯了往❌走。

次の文の＿＿＿＿にはどんな言葉を入れたらよいか。1・2から最も適当なものをひとつ選びなさい。

實力測驗
Q 哪一個是正確的？

1
彼はテレビからパソコンに（　　）、すべて最新のものをそろえている。
1. かけて　　　　2. いたるまで

譯
1. から〜にかけて：從…到…
2. にいたるまで：直到…

2
今年12月を（　　）、退職することにしました。
1. 限りに　　　　2. 皮切りに

譯
1. を限りに：從…之後就…
2. を皮切りに：從…開始

3
私の役割は、ただみなの意見を一つにまとめること（　　）です。
1. のみ　　　　2. ならでは

譯
1. ただ〜のみ：只有…
2. ならでは：正因為…才

4
街はクリスマス（　　）のロマンティックな雰囲気にあふれている。
1. ならでは　　　　2. ながら

譯
1. ならでは：正因為…才…
2. ながら：…狀

5
同僚で英語ができる人といえば、鈴木さんを（　　）いない。
1. もって　　　　2. おいて

譯
1. をもって：以此…
2. をおいて〜ない：除了…之外沒有

6
キンモクセイはただその香り（　　）、花も美しい。
1. は言うまでもなく　2. のみならず

譯
1. は言うまでもなく：不用說…（連）也
2. ただ〜のみならず：不僅…而且…

7
彼女は雑誌の編集（　　）、表紙のデザインも手掛けています。
1. はおろか　　　　2. にとどまらず

譯
1. はおろか：不用說…就是…
2. にとどまらず：不僅…還…

答案：(1) 2 (2) 1 (3) 1
　　　(4) 1 (5) 2 (6) 2
　　　(7) 2

Chapter

8

★★★★★

列挙、反復、数量

1　だの～だの
2　であれ～であれ
3　といい～といい
4　というか～というか
5　といった

6　といわず～といわず
7　なり～なり
8　つ～つ
9　からある、からする、からの

🎧 Track 076

1　だの～だの

又是…又是…、一下…一下…、…啦…啦

接續方法 {[名詞・形容動詞詞幹]（だった）；[形容詞・動詞]普通形}＋だの＋{[名詞・形容動詞詞幹]（だった）；[形容詞・動詞]普通形}＋だの

意思1

【列舉】列舉用法，在眾多事物中選出幾個具有代表性的。多半帶有負面的語氣，常用在抱怨事物總是那麼囉唆嘮叨的叫人討厭。是口語用法。中文意思是：「又是…又是…、一下…一下…、…啦…啦」。

例文A

郊外に家を買いたいが、交通が不便だの、買い物に不自由だの、妻は文句ばかり言う。

雖然想在郊區買了房子，可是太太抱怨連連，說是交通不便啦、買東西也不方便什麼的。

比較

● なり～なり

或是…或是…、…也好…也好

接續方法 {名詞；動詞辭書形}＋なり＋{名詞；動詞辭書形}＋なり

【列舉】表示從列舉的同類或相反的事物中，選擇其中一個。暗示在列舉之外，還可以其他更好的選擇。後項大多是表示命令、建議等句子。一般不用在過去的事物。由於語氣較為隨便，不用在對長輩跟上司。如果要表示「或大或小」用「大なり小なり」，但不可以說成「小なり大なり」。中文意思是：「或是…或是…、…也好…也好」。

例文 a

うちの会社も、東京から千葉なり神奈川なりに移転しよう。

我們公司不如也從東京搬到千葉或神奈川吧？

◆ 比較說明 ◆

「だの～だの」表示列舉，表示在眾多事物中選出幾個具有代表性的，一般帶有抱怨、負面的語氣。「なり～なり」也表列舉，表示從列舉的同類或相反的事物中，選其中一個。暗示列舉之外，還有其他更好的選擇。後項大多是命令、建議等句子。一般不用在過去的事物。

だの～だの【列舉】
例文 A

なり～なり【列舉】
例文 a

千葉 ← → 神奈川

🎧 Track 077

2　であれ～であれ

即使是…也…、無論…都、也…也…、無論是…或是…、不管是…還是…、也好…也好…、也是…也是…

接續方法 {名詞}＋であれ＋{名詞}＋であれ

【列舉】表示不管哪一種人事物，後項都可以成立。先舉出幾個例子，再指出這些全部都適用之意。列舉的內容大多是互相對照、並立或類似的。中文意思是：「即使是…也…、無論…都、也…也…、無論是…或是…、不管是…還是…、也好…也好…、也是…也是…」。

例文 A

男であれ女であれ、働く以上、責任が伴うのは同じだ。

不管是男人也好、女人也好，既然接下工作，就必須同樣肩負起責任。

比較

● にしても～にしても

無論是…還是…

接續方法 {名詞；動詞普通形} ＋にしても＋{名詞；動詞普通形} ＋にしても

意 思

【列舉】舉出兩個對立或同類的事物，表示不管是哪方面都一樣之意。中文意思是：「無論是…還是…」。

例文 a

勝つにしても負けるにしても、自分のすべてを出し切って戦いたい。

不管是輸還是贏，都要將全身所有的本領使出來，全力迎戰。

◆ 比較說明 ◆

「であれ～であれ」表示列舉，舉出對照、並立或類似的例子，表示所有都適用的意思。後項是說話人主觀的判斷。「にしても～にしても」也表列舉，「A であれ B であれ」句型中，A 跟 B 都要用名詞。但如果是動詞，就要用「にしても～にしても」，這一句型舉出相對立或相反的兩項事物，表示無論哪種場合都適用，或兩項事物無一例外之意。

であれ～であれ【列舉】

例文A

にしても～にしても【列舉】

例文a

🎧 **Track 078**

3 といい～といい
不論…還是、…也好…也好

接續方法 {名詞} ＋といい＋ {名詞} ＋といい

意思1

【列舉】 表示列舉。為了做為例子而並列舉出具有代表性，且有強調作用的兩項，後項是對此做出的評價。含有不只是所舉的這兩個例子，還有其他也如此之意。用在批評和評價的場合，帶有吃驚、灰心、欽佩等語氣。與全體為焦點的「といわず～といわず（不論是…還是）」相比，「といい～といい」的焦點聚集在所舉的兩個事物上。中文意思是：「不論…還是、…也好…也好」。

例文A

このワインは滑（なめ）らかな舌触（したざわ）りといい、フルーツのような香（かお）りといい、女性（じょせい）に人気（にんき）です。

這支紅酒從口感順喉乃至於散發果香，都是受到女性喜愛的特色。

比較
• だの～だの
又是…又是…、一下…一下…、…啦…啦

接續方法 {[名詞・形容動詞詞幹]（だった）；[形容詞・動詞]普通形} ＋だの＋ {[名詞・形容動詞詞幹]（だった）；[形容詞・動詞]普通形} ＋だの

【列舉】 列舉用法，在眾多事物中選出幾個具有代表性的。多半帶有負面的語氣，常用在抱怨事物。是口語用法。中文意思是：「又是…又是…、一下…一下…、…啦…啦」。

例文 a

毎年年末は、大掃除だのお歳暮選びだので忙しい。

每年年尾又是大掃除又是挑選年終禮品，十分忙碌。

◆ 比較說明 ◆

「といい～といい」表示列舉，舉出同一事物的兩個不同側面，表示都很出色，後項是對此做出總體積極評價。帶有欽佩等語氣。「だの～だの」也表列舉，表示單純的列舉，是對具體事項一個個的列舉。內容多為負面的。

といい～といい【列舉】	だの～だの【列舉】
例文A	例文a

女性に人気

🎧 Track 079

4 　というか～というか
該說是…還是…

接續方法 {名詞；形容詞辭書形；形容動詞詞幹}＋というか＋{名詞；形容詞辭書形；形容動詞詞幹}＋というか

意思1

【列舉】 用在敘述人事物時，說話者想到什麼就說什麼，並非用一個詞彙去形容或表達，而是列舉一些印象、感想、判斷，變換各種說法來說明。後項大多是總結性的評價。更隨便一點的說法是「っていうか～っていうか」。中文意思是：「該說是…還是…」。

船の旅は豪華というか贅沢というか、夢のような時間でした。

那趟輪船之旅該形容是豪華還是奢侈呢，總之是如作夢一般的美好時光。

● といい～といい

不論…還是、…也好…也好

接續方法 {名詞} ＋といい＋ {名詞} ＋といい

意　思

【列舉】　表示列舉。為了做為例子而舉出兩項，後項是對此做出的評價。含有不只是所舉的這兩個例子，還有其他也如此之意。用在批評和評價的場合，帶有吃驚、灰心、欽佩等語氣。與全體為焦點的「といわず～といわず (不論是…還是)」相比，「といい～といい」的焦點聚集在所舉的兩個事物上。中文意思是：「不論…還是、…也好…也好」。

例文 a

ドラマといい、ニュースといい、テレビは少しも面白くない。

不論是連續劇，還是新聞，電視節目一點都不覺得有趣。

◆ 比較說明 ◆

「というか～というか」表示列舉，表示舉出來的兩個方面都有，或難以分辨是哪一方面，後項多是總結性的判斷。帶有説話人的感受或印象語氣。可以接名詞、形容詞跟動詞。「といい～といい」也表列舉，表示舉出同一對象的兩個不同的側面，後項是對此做出評價。帶有欽佩等語氣。只能接名詞。

というか～というか【列舉】

例文A

といい～といい【列舉】

例文a

5 **といった**
…等的…、…這樣的…

接續方法 {名詞}＋といった＋{名詞}

意思1

【列舉】表示列舉。舉出兩項以上具體且相似的事物，表示所列舉的這些不是全部，還有其他。前接列舉的兩個以上的例子，後接總括前面的名詞。中文意思是：「…等的…、…這樣的…」。

例文A

ここでは象やライオンといったアフリカの動物たちを見ることができる。

在這裡可以看到包括大象和獅子之類的非洲動物。

比較

● **といって～ない、といった～ない**
沒有特別的…、沒有值得一提的…

接續方法 {これ；疑問詞}＋といって～ない、{これ；疑問詞}＋といった＋{名詞} ～ない

意 思

【強調輕重】前接「これ、なに、どこ」等詞，後接否定，表示沒有特別值得一提的東西之意。為了表示強調，後面常和助詞「は」、「も」相呼應；使用「といった」時，後面要接名詞。中文意思是：「沒有特別的…、沒有值得一提的…」。

例文 a

私<ruby>私<rt>わたし</rt></ruby>には特<ruby>特<rt>とく</rt></ruby>にこれといった趣味<ruby>趣味<rt>しゅ み</rt></ruby>はありません。

我沒有任何嗜好。

◆ 比較說明 ◆

「といった」表示列舉，前接兩個相同類型的事例，表示所列舉的兩個事例都屬於這範圍，暗示還有其他一樣的例子。「といって～ない」表示強調輕重，前接「これ」或疑問詞「なに、どこ」等，後面接否定，表示沒有特別值得一提的東西之意。

といった【列舉】	といって～ない【強調輕重】
 例文A	 例文a

🎧 Track 081

6 といわず～といわず
無論是…還是…、…也好…也好…

接續方法 {名詞}＋といわず＋{名詞}＋といわず

意思1

【列舉】 表示所舉的兩個相關或相對的事例都不例外，都沒有差別。也就是「といわず」前所舉的兩個事例，都不例外會是後項的情況，強調不僅是例舉的事例，而是「全部都…」的概念。後項大多是客觀存在的事實。中文意思是：「無論是…還是…、…也好…也好…」。

例文A

久<ruby>久<rt>ひさ</rt></ruby>しぶりに運動<ruby>運動<rt>うんどう</rt></ruby>したせいか、腕<ruby>腕<rt>うで</rt></ruby>といわず脚<ruby>脚<rt>あし</rt></ruby>といわず体<ruby>体<rt>からだ</rt></ruby>中<ruby>中<rt>じゅう</rt></ruby>痛<ruby>痛<rt>いた</rt></ruby>い。

大概是太久沒有運動了，不管是手臂也好還是腿腳也好，全身上下沒有一處不痠痛的。

● といい～といい

不論…還是、…也好…也好

接續方法 {名詞}＋といい＋{名詞}＋といい

意 思

【列舉】表示列舉。為了做為例子而舉出兩項，後項是對此做出的評價。含有不只是所舉的這兩個例子，還有其他也如此之意。用在批評和評價的場合，帶有吃驚、灰心、欽佩等語氣。與全體為焦點的「といわず～といわず（不論是…還是）」相比，「といい～といい」的焦點聚集在所舉的兩個事物上。中文意思是：「不論…還是、…也好…也好」。

例文 a

お父さんといい、お母さんといい、ちっとも私の気持ちを分かってくれない。

爸爸也好、媽媽也好，根本完全不懂我的心情。

◆ 比較說明 ◆

「といわず～といわず」表示列舉，列舉具代表性的兩個事物，表示「全部都…」的狀態。隱含不僅只所舉的，其他幾乎全部都是。「といい～といい」也表列舉，表示前項跟後項是從全體來看的一個側面「都很出色」。表示列舉的兩個事例都不例外，後項是對此做出的積極評價。

といわず～といわず【列舉】

例文 A

といい～といい【列舉】

例文 a

分かってくれない

7 なり～なり
或是…或是…、…也好…也好

接續方法 {名詞；動詞辭書形}＋なり＋{名詞；動詞辭書形}＋なり

意思1

【列舉】 表示從列舉的同類、並列或相反的事物中，選擇其中一個。暗示在列舉之外，還可以其他更好的選擇，含有「你喜歡怎樣就怎樣」的語氣。後項大多是表示命令、建議等句子。一般不用在過去的事物。由於語氣較為隨便，不用在對長輩跟上司。中文意思是：「或是…或是…、…也好…也好」。

例文A

ロンドンなりニューヨークなり、英語圏の専門学校を探しています。

我正在慣用英語的城市裡，尋找適合就讀的專科學校，譬如倫敦或是紐約。

補 充

〖**大なり小なり**〗「大なり小なり（或大或小）」不可以說成「小なり大なり」。

例 文

人は人生の中で、大なり小なりピンチに立たされることがある。

人在一生中，或多或小都可能身陷於危急局面中。

比較

● **うと～まいと**
做…不做…都…、不管…不

接續方法 {動詞意向形}＋うと＋{動詞辭書形；動詞否定形（去ない）}＋まいと

【無關】跟「うが〜まいが」一樣，表示逆接假定條件。這句型利用了同一動詞的肯定跟否定的意向形，表示無論前面的情況是不是這樣，後面都是會成立的，是不會受前面約束的。中文意思是：「做…不做…都…、不管…不」。

例文 a

売れようと売れまいと、いいものを作りたい。

不論賣況好不好，我就是想做好東西。

◆ 比較說明 ◆

「なり〜なり」表示列舉，強調「舉出中的任何一個都可以」的概念。表示從列舉的互為對照、並列或同類等，可以想得出的事物中，選擇其中一個。後項常接命令、建議或希望的句子。不用在過去的事物上。說法隨便。「うと〜まいと」表示無關，強調「不管前項如何，後項都會成立」的概念。表示逆接假定條件。表示無論前面的情況是不是這樣，後面都是會成立的，是不會受前面約束的。

なり〜なり【列舉】　例文 A

うと〜まいと【無關】　例文 a

🎧 Track 083

8 つ〜つ
（表動作交替進行）一邊…一邊…、時而…時而…

接續方法 {動詞ます形}＋つ＋{動詞ます形}＋つ

【反覆】 表示同一主體，在進行前項動作時，交替進行後項對等的動作。用同一動詞的主動態跟被動態，如「**抜く、抜かれる**」這種重複的形式，表示兩方相互之間的動作。中文意思是：「（表動作交替進行）一邊…一邊…、時而…時而…」。

例文 A

お互い小さな会社ですから、持ちつ持たれつで協力し合っていきましょう。

我們彼此都是小公司，往後就互相幫襯、同心協力吧。

補　充

〔**接兩對立動詞**〕 可以用「行く（去）、戻る（回來）」兩個意思對立的動詞，表示兩種動作的交替進行。書面用語。多作為慣用句來使用。

例　文

買おうかどうしようか決めかねて、店の前を行きつ戻りつしている。

在店門前走過來又走過去的，遲遲無法決定到底該不該買下來。

比較

● なり〜なり

或是…或是…、…也好…也好

接續方法 {名詞；動詞辭書形}＋なり＋{名詞；動詞辭書形}＋なり

意　思

【列舉】 表示從列舉的同類或相反的事物中，選擇其中一個。暗示在列舉之外，還可以其他更好的選擇。後項大多是表示命令、建議等句子。一般不用在過去的事物。由於語氣較為隨便，不用在對長輩跟上司。如果要表示「或大或小」用「**大なり小なり**」，但不可以説成「**小なり大なり**」。中文意思是：「或是…或是…、…也好…也好」。

例文 a

落ち着いたら、電話なり手紙なりちょうだいね。

等安頓好以後，記得要撥通電話還是捎封信來喔。

「つ～つ」表示反覆，強調「動作交替」的概念。用同一動詞的主動態跟被動態，表示兩個動作在交替進行。書面用語。多作為慣用句來使用。「なり～なり」表示列舉，強調「列舉事物」的概念。表示從列舉的同類或相反的事物中，選其中一個。暗示列舉之外，還有其他更好的選擇。後項大多是命令、建議等句子。一般不用在過去的事物。

つ～つ【反覆】

持ちつ
持たれつ

A社　B社

例文A

なり～なり【列舉】

例文a

🎧 Track 084

9　からある、からする、からの
足有…之多…、值…、…以上、超過…

接續方法 {名詞（數量詞）} ＋からある、からする、からの

意思1

【數量多】　前面接表示數量的詞，強調數量之多。含有「目測大概這麼多，説不定還更多」的意思。前接的數量，多半是超乎常理的。前面接的數字必須是尾數是零的整數，一般數量、重量、長度跟大小用「からある」，價錢用「からする」。中文意思是：「足有…之多…、值…、…以上、超過…」。

例文A

彼のしている腕時計は 200 万円からするよ。

かれ　　　　　　　　うでどけい　　　　　　　　　まんえん

他戴的手錶價值高達兩百萬圓喔！

補　充

〖からの N〗　後接名詞時，「からの」一般用在表示人數及費用時。

野外コンサートには 1 万人からの人々が押し寄せた。

戶外音樂會湧入了多達一萬名聽眾。

比較

● **だけのことはある、だけある**

到底沒白白…、值得…、不愧是…、也難怪…

接續方法 {名詞；形容動詞詞幹な；[形容詞・動詞]普通形}＋だけのことはある、だけある

意　思

【符合期待】表示與其做的努力、所處的地位、所經歷的事情等名實相符，對其後項的結果、能力等給予高度的讚美。中文意思是：「到底沒白白…、值得…、不愧是…、也難怪…」。

例文 a

簡単な曲だけど、私が弾くのと全然違う。プロだけのことはある。

雖然是簡單的曲子，但是由我彈起來卻完全不是同一回事。專家果然不同凡響！

◆ 比較說明 ◆

「からある」表示數量多，前面接表示數量的詞，而且是超於常理的數量，強調數量之多。「だけのことはある」表示符合期待，表示名實相符，前接與其相稱的身份、地位、經歷等，後項接正面評價的句子。強調名不虛傳。

からある【數量多】　例文A

200万円

だけのことはある【符合期待】　例文a

実力テスト 做對了，往☺走，做錯了往✕走。

次の文の_____にはどんな言葉を入れたらよいか。1・2 から最も適当なものをひとつ選びなさい。

實力測驗
Q 哪一個是正確的？

1
上野動物園ではパンダやラマと
（　　）珍しい動物も見られますよ。
1. いって　　　　2. いった

2
父が2メートル（　　）クリスマスツリーを買ってきた。
1. からある　　　2. だけある

譯
1. からある：足有…之多…
2. だけある：不愧是…

3
映画を（　　）、ショッピングに
（　　）、ちょっとはリラックスしたらどうですか。
1. 見るなり／行くなり
2. 見ようと／行くまいと

譯
1. といって：沒有特別的…
2. といった：…等的…

譯
1. 見るなり／行くなり：看也好…去也好…
2. 見ようと／行くまいと：不管是看…不去…

4
コップ（　　）、グラス（　　）、飲めればそれでいいよ。
1. として／として
2. であれ／であれ

譯
1. として／として：沒有此用法。
2. であれ／であれ：不管是…還是…

5
話し方（　　）雰囲気（　　）、タダ者じゃないね。
1. だの／だの　　2. といい／といい

譯
1. だの／だの：…啦…啦
2. といい／といい：…也好…也好

6
休日（　　）平日（　　）、お客さんがいっぱいだ。
1. といわず／といわず
2. によらず／によらず

譯
1. といわず／といわず：無論是…還是…
2. によらず／によらず：沒有這樣的句型。

7
灯篭は浮き（　　）沈み（　　）流されていった。
1. なり／なり　　2. つ／つ

答案：(1) 2 (2) 1 (3) 1
(4) 2 (5) 2 (6) 1
(7) 2

バンザーイ！

譯
1. なり／なり：…也好…也好
2. つ／つ：時而…時而…

Chapter

9

★★★★★

付加、付帯

1 と～(と)があいまって、が(は)～ とあいまって
2 はおろか
3 ひとり～だけで(は)なく
4 ひとり～のみならず～(も)
5 もさることながら～も

6 かたがた
7 かたわら
8 がてら
9 ことなしに、なしに

🎧 Track 085

1 と～(と)があいまって、が(は)～とあいまって

…加上…、與…相結合、與…相融合

接續方法 {名詞}＋と＋{名詞}＋(と)が相まって

意思1

【附加】 表示某一事物，再加上前項這一特別的事物，產生了更加有力的效果或增強了某種傾向、特徵之意。書面用語，也用「が(は)～と相まって」的形式。此句型後項通常是好的結果。中文意思是：「…加上…、與…相結合、與…相融合」。

例文A

この白いホテルは周囲の緑とあいまって、絵本の中のお城のように見える。

這棟白色的旅館在周圍的綠意掩映之下，宛如圖畫書中的一座城堡。

比較

● とともに

隨著…

接續方法 {名詞；動詞辭書形}＋とともに

意思

【相關關係】 表示後項變化隨著前項一同變化。中文意思是：「隨著…」。

例文 a

でんし
電子メールの普及とともに、手紙を書く人は減ってき
ました。

隨著電子郵件的普及，寫信的人愈來愈少了。

◆ 比較說明 ◆

「と～があいまって」表示附加，強調「兩個方面同時起作用」的
概念。表示某事物，再加上前項這一特別的事物，產生了後項效果
更加顯著的內容。前項是原因，後項是結果。「とともに」表示相
關關係，強調「後項隨前項並行變化」的概念。前項發生變化，後
項也隨著並行發生變化。

🎧 Track 086

2 はおろか
不用說…、就連…

接續方法 {名詞} ＋はおろか

意思1

【附加】後面多接否定詞。意思是別說程度較高的前項了，就連
程度低的後項都沒有達到。表示前項的一般情況沒有說明的必要，
以此來強調後項較極端的事例也不例外。中文意思是：「不用説…、
就連…」。

例文A

意識が戻ったとき、事故のことはおろか、自分の名前すら憶えていなかった。

等到恢復了意識以後，別說事故當下的經過，他連自己的名字都想不起來了。

補 充

〖はおろか〜も 等〗後項常用「も、さえ、すら、まで」等強調助詞。含有說話人吃驚、不滿的情緒，是一種負面評價。不能用來指使對方做某事，所以不接命令、禁止、要求、勸誘等句子。

比較

● **をとわず、はとわず**

　　無論…都…、不分…、不管…，都…

接續方法 {名詞}＋を問わず、は問わず

意 思

【無關】表示沒有把前接的詞當作問題、跟前接的詞沒有關係，多接在表示正反意義詞，如「男女、昼夜」等單字後面。中文意思是：「無論…都…、不分…、不管…，都…」。

例文a

ワインは、洋食和食を問わず、よく合う。

無論是西餐或日式料理，葡萄酒都很適合。

◆ 比較說明 ◆

「はおろか」表示附加，強調「後項程度更高」的概念。後面多接否定詞。表示不用說程度較輕的前項了，連程度較重的後項都這樣，沒有例外。常跟「も、さえ、すら」等相呼應。「をとわず」表示無關，強調「沒有把它當作問題」的概念。表示沒有把前接的詞當作問題、跟前接的詞沒有關係。多接在「男女、昼夜」這種正反意義詞的後面。

はおろか【附加】
例文A

名前？

をとわず【無關】
例文a

wine 酒

🎧 **Track 087**

3 ひとり～だけで (は) なく
不只是…、不單是…、不僅僅…

接續方法 ひとり＋{名詞}＋だけで (は) なく

意思1

【附加】 表示不只是前項，涉及的範圍更擴大到後項。後項內容是說話人所偏重、重視的。一般用在比較嚴肅的話題上。書面用語。口語用「ただ～だけでなく～」。中文意思是：「不只是…、不單是…、不僅僅…」。

例文A

朝の清掃活動は、ひとり我が校だけでなく、この地区の全ての小学校に広めていきたい。

晨間清掃不僅僅是本校的活動，期盼能夠推廣至本地區的所有小學共同參與。

比較

● にかぎらず
　不只…

接續方法 {名詞}＋に限らず

意　思

【限定】 表示不限於某一個範圍，只要是所屬範圍都適用。中文意思是：「不只…」。

子供にかぎらず、大人でも虫歯の治療は嫌なものです。

不只是小孩，大人也很討厭蛀牙治療。

◆ 比較說明 ◆

「ひとり〜だけでなく」表示附加，表示不只是前項的某事物、某範圍之內，涉及的範圍更擴大到後項。前後項的內容，可以是並立、類似或對照的。「にかぎらず」表示限定，表示不限於前項這某一範圍，後項也都適用。

ひとり〜だけでなく【附加】 例文A

にかぎらず【限定】 例文 a

🎧 Track 088

4 ひとり〜のみならず〜（も）
不單是…、不僅是…、不僅僅…

接續方法 ひとり＋{名詞}＋のみならず〜（も）

意思1

【附加】比「ひとり〜だけでなく」更文言的説法。表示不只是前項，涉及的範圍更擴大到後項。後項內容是説話人所偏重、重視的。一般用在比較嚴肅的話題上。書面用語。口語用「ただ〜だけでなく〜」。中文意思是：「不單是…、不僅是…、不僅僅…」。

例文A

被災地の復興作業はひとり地元住民のみならず、多くのボランティアによって進められた。

不單是當地的居民，還有許多志工同心協力推展災區的重建工程。

比較

● **だけでなく～も**

不只是…也…、不光是…也…

接續方法 {名詞；形容動詞詞幹な；[形容詞・動詞]普通形} ＋
だけでなく～も

意思

【附加】 表示前項和後項兩者皆是，或是兩者都要。中文意思是：
「不只是…也…、不光是…也…」。

例文 a

頭（あたま）がいいだけでなく、スポーツも得意（とくい）だ。

不但頭腦聰明，也擅長運動。

◆ 比較說明 ◆

「ひとり～のみならず～も」表示附加，表示不只是前項的某事物、
某範圍之內，涉及的範圍更擴大到後項。後項內容是說話人所重視
的。後句常跟「も、さえ、まで」相呼應。「だけでなく～も」也
表附加，表示前項和後項兩者都是，或是兩者都要。後句常跟「も、
だって」相呼應。

🎧 Track 089

5 **もさることながら～も**

不用說…、…（不）更是…

接續方法 {名詞}＋もさることながら～も

【附加】 前接基本的內容，後接強調的內容。含有雖然不能忽視前項，但是後項比之更進一步、更重要。一般用在積極的、正面的評價。跟直接、斷定的「よりも」相比，「もさることながら」比較間接、婉轉。中文意思是：「不用説…、…（不）更是…」。

例文A

このお寺は歴史的な建物もさることながら、庭園の計算された美しさも見る人の感動を誘う。

這座寺院不僅是具有歷史價值的建築，巧奪天工的庭園之美更令觀者為之動容。

比較

● はさておき、はさておいて
暫且不說…、姑且不提…

接續方法 {名詞}＋はさておき、はさておいて

意 思

【除外】 表示現在先不考慮前項，而先談論後項。中文意思是：「暫且不說…、姑且不提…」。

例文a

僕のことはさておいて、お前の方こそ彼女と最近どうなんだ。

先不說我的事了，你呢？最近和女朋友過得如何？

◆ 比較說明 ◆

「もさることながら～も」表示附加，強調「前項雖不能忽視，但後項更為重要」的概念。含有雖然承認前項是好的，不容忽視的，但是後項比前項更為超出一般地突出。一般用在評價這件事是正面的事物。「はさておき」表示除外，強調「現在先不考慮前項，而先談論後項」的概念。

もさることながら～も【附加】

例文A

はさておき【除外】

最近どう？

例文a

6 かたがた
順便…、兼…、一面…一面…、邊…邊…

接續方法 {名詞}＋かたがた

意思1

【附帶】 表示在進行前面主要動作時，兼做（順便做、附帶做）後面的動作。也就是做一個行為，有兩個目的。前接動作性名詞，後接移動性動詞。前後的主語要一樣。大多用於書面文章。中文意思是：「順便…、兼…、一面…一面…、邊…邊…」。

例文A

先日のお礼かたがた、明日御社へご挨拶に伺います。

為感謝日前的關照，藉此機會明日將拜訪貴公司。

比較

● いっぽう（で）
在…的同時，還…、一方面…，一方面…、另一方面…

接續方法 {動詞辭書形}＋一方（で）

意思

【同時】 前句說明在做某件事的同時，另一個事情也同時發生。後句多敘述可以互相補充做另一件事。中文意思是：「在…的同時，還…、一方面…，一方面…、另一方面…」。

例文 a

景気がよくなる一方で、人々のやる気も出てきている。

在景氣好轉的同時，人們也更有幹勁了。

◆ 比較説明 ◆

「かたがた」表示附帶，強調「趁著做前項主要動作時，也順便做了後項次要動作」的概念。也就是做一個行為，有兩個目的。前接動作性名詞，後接移動性動詞。前後句的主詞要一樣。「いっぽう」表示同時，強調「做前項的同時，後項也並行發生」的概念。後句多敘述可以互相補充做另一件事。前後句的主詞可不同。

かたがた【附帯】　例文A

いっぽう【同時】　例文a

🎧 Track 091

7 かたわら
(1) 在…旁邊；(2) 一方向…一方面、一邊…一邊…、同時還…

接續方法 {名詞の；動詞辭書形}＋かたわら

意思1

【身旁】 在身邊、身旁的意思。用於書面。中文意思是：「在…旁邊」。

例文A

眠っている妹のかたわらで、彼は本を読み続けた。

他一直陪伴在睡著的妹妹身邊讀書。

【附帶】 表示集中精力做前項主要活動、本職工作以外，在空餘時間之中還兼做（附帶做）別的活動、工作。前項為主，後項為輔，且前後項事情大多互不影響。跟「ながら」相比，「かたわら」通常用在持續時間較長的，以工作為例的話，就是在「副業」的概念事物上。中文意思是：「一方面…一方面、…一邊…一邊…、同時還…」。

例文B

かれ こうじょう つと
彼は工場に勤めるかたわら、休日は奥さんの喫茶店を
きゅうじつ おく きっさてん
てつだ
手伝っている。

他平日在工廠上班，假日還到太太開設的咖啡廳幫忙。

比較

● かたがた

順便…、兼…、一面…一面…、邊…邊…

接續方法 {名詞}＋かたがた

意思

【附帶】 表示在進行前面主要動作時，兼做（順便做）後面的動作。也就是做一個行為，有兩個目的。前接動作性名詞，後接移動性動詞。前後的主語要一樣。大多用於書面文章。中文意思是：「順便…、兼…、一面…一面…、邊…邊…」。

例文b

きせい しやくしょ い てつづ
帰省かたがた、市役所に行って手続きをする。

返鄉的同時，順便去市公所辦手續。

◆ 比較說明 ◆

「かたわら」表示附帶，強調「本職跟副業關係」的概念。表示從事本職的同時，還做其他副業。前項為主，後項為輔，且前後項事情大多互不影響。用在持續時間「較長」的事物上。「かたがた」也表附帶，強調「趁著做前項主要動作時，也順便做了後項次要動作」的概念。前項為主，後項為次。用在持續時間「較短」的事物上。

かたわら【附帶】 例文B

平日 休日

かたがた【附帶】 例文b

8 がてら
順便、順道、在…同時、借…之便

接續方法 {名詞;動詞ます形}＋がてら

意思1

【附帶】 表示在做前面的動作的同時，借機順便（附帶）也做了後面的動作。大都用在做後項，結果也可以完成前項的場合，也就是做一個行為，有兩個目的，後面多接「行く、歩く」等移動性相關動詞。中文意思是：「順便、順道、在…同時、借…之便」。

例文A

えき ふん うんどう ある
駅まではバスで 5 分だが、運動がてら歩くことにしている。

搭巴士到電車站的車程只要五分鐘，不過我還是步行前往順便運動一下。

比較

● **ながら**
一邊…一邊…

接續方法 {動詞ます形}＋ながら

意 思

【同時】 表示同一主體同時進行兩個動作，此時後面的動作是主要的動作，前面的動作為伴隨的次要動作。中文意思是：「一邊…一邊…」。

トイレに入りながら新聞を読みます。

一邊上廁所一邊看報紙。

◆ 比較說明 ◆

「がてら」表示附帶，強調同一主體「做前項的同時，順便也做了後項」的概念。一般多用在做前面的動作，其結果也可以完成後面動作的場合。前接動作性名詞，後面多接移動性相關動詞。「ながら」表示同時，強調同一主體「同時進行兩個動作」的概念，或者是「後項在前項的狀態下進行」。後項一般是主要的事情。

がてら【附帶】

運動がてら

駅

例文 A

ながら【同時】

WC

例文 a

🎧 Track 093

9 ことなしに、なしに

(1) 不…而…；(2) 不…就…、沒有…

接續方法 {動詞辭書形} ＋ことなしに、{名詞} ＋なしに

意思1

【必要條件】「ことなしに」表示沒有做前項的話，後面就沒辦法做到的意思，這時候，後多接有可能意味的否定表現，口語用「しないで～ない」。中文意思是：「不…而…」。

例文 A

誰も人の心を傷つけることなしに生きていくことはできない。

人生在世，誰都不敢說自己從來不曾讓任何人傷過心。

【非附帶】「なしに」接在表示動作的詞語後面，表示沒有做前項應該先做的事，就做後項，含有指責的語氣。意思跟「ないで、ず（に）」相近。書面用語，口語用「ないで」。中文意思是：「不…就…、沒有…」。

例文 B

何の相談もなしに、ただ辞めたいと言われても困るなあ。

事前連個商量都沒有，只說想要辭職，這讓公司如何因應才好呢？

比較

● **ないで**
沒…就…

接續方法 {動詞否定形}＋ないで

意思

【非附帶】表示非附帶的狀況，也就是同一個動作主體的行為「在不做…的狀態下，做…」的意思。中文意思是：「沒…就…」。

例文 b

財布を持たないで買い物に行きました。

沒帶錢包就去買東西了。

◆ 比較說明 ◆

「ことなしに」表示非附帶，強調「後項動作無前項動作伴隨」的概念。接在表示動作的詞語後面，表示沒有做前項應該先做的事，就做後項。「ないで」也表非附帶，強調「行為主體的伴隨狀態」的概念。表示在沒有做前項的情況下，就做了後項的意思。書面語用「ずに」，不能用「なくて」。這個句型要接動詞否定形。

MEMO

9

実力テスト 做對了,往😊走,做錯了往❌走。

次の文の＿＿＿＿にはどんな言葉を入れたらよいか。1・2から最も適当なものをひとつ選びなさい。

實力測驗
Q 哪一個是正確的?

---

1 悔しさと情けなさ（　　）、自然に涙がこぼれてきました。
1. が相まって　　2. とともに

譯 1. と〜が相まって：…加上…
2. とともに：和…一起…

---

2 ハリケーンのせいで、財産（　　）家族をも失った。
1. はおろか　　2. を問わず

譯 1. はおろか：不用說…就是…
2. を問わず：無論…

---

3 技術の高さ（　　）、その柔軟な発想力には頭が下がります。
1. もさることながら　2. はさておき

譯 1. もさることながら：不用說…更是…
2. はさておき：暫且不說…

---

4 近日中に、お祝い（　　）、お伺いに参ります。
1. かたがた　　2. 一方

譯 1. かたがた：順便…
2. 一方：另一方面…

---

5 祖母は農業の（　　）、書道や華道をたしなんでいる。
1. かたがた　　　2. かたわら

譯 1. かたがた：順便…
2. かたわら：同時還…

---

6 通勤（　　）、この手紙を出してくれませんか。
1. ついでに　　2. がてら

譯 1. ついでに：順便…
2. がてら：順便…

---

7 この椅子は座り心地（　　）、デザインも最高です。
1. ならいざ知らず
2. もさることながら

譯 1. ならいざ知らず：（關於）我不得而知…
2. もさることながら：不用說…

---

8 これは仕事とは関係（　　）、趣味でやっていることです。
1. なしに　　　2. ないで

譯 1. なしに：沒有…
2. ないで：不…就…

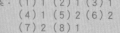

答案：(1) 1 (2) 1 (3) 1
(4) 1 (5) 2 (6) 2
(7) 2 (8) 1

Chapter 10

★★★★★

無関係、関連、前後関係

1 いかんにかかわらず
2 いかんによらず、によらず
3 うが、うと（も）
4 うが〜うが、うと〜うと
5 うが〜まいが
6 うと〜まいと
7 かれ〜かれ

8 であれ、であろうと
9 によらず
10 をものともせず（に）
11 をよそに
12 いかんだ
13 てからというもの（は）

🎧 Track 094

1 いかんにかかわらず
無論…都…

接續方法 {名詞 (の)}＋いかんにかかわらず

意思1

【無關】 表示不管前面的理由、狀況如何，都跟後面的規定、決心或觀點沒有關係。也就是後面的行為，不受前面條件的限制，強調前項的內容，對後項的成立沒有影響。中文意思是：「無論…都…」。

例文A

経験のいかんにかかわらず、新規採用者には研修を受けて頂きます。

無論是否擁有相關資歷，新進職員均須參加研習課程。

補充

〖いかん＋にかかわらず〗 這是「いかん」跟不受前面的某方面限制的「にかかわらず（不管…）」，兩個句型的結合。

比較

● にかかわらず
無論…與否…、不管…都…、儘管…也…

接續方法 {名詞；[形容詞・動詞] 辭書形；[形容詞・動詞] 否定形}＋にかかわらず

【無關】 表示前項不是後項事態成立的阻礙。接兩個表示對立的事物，表示跟這些無關，都不是問題，前接的詞多為意義相反的二字熟語，或同一用言的肯定與否定形式。中文意思是：「無論…與否…、不管…都…、儘管…也…」。

例文 a

きんがく たしょう きふ だいかんげい
金額の多少にかかわらず、寄附は大歓迎です。

不論金額多寡，非常歡迎踴躍捐贈。

◆ 比較說明 ◆

「いかんにかかわらず」表示無關，表示後項成立與否，都跟前項無關。「にかかわらず」也表無關，前接兩個表示對立的事物，或種類、程度差異的名詞，表示後項的成立，都跟前項這些無關，都不是問題，不受影響。

🎧 Track 095

2 いかんによらず、によらず
不管…如何、無論…為何、不按…

接續方法 {名詞（の）}＋いかんによらず、{名詞}＋によらず

意思 1

【無關】 表示不管前面的理由、狀況如何，都跟後面的規定、決心或觀點沒有關係。也就是後面的行為，不受前面條件的限制，強調前項的內容，對後項的成立沒有影響。中文意思是：「不管…如何、無論…為何、不按…」。

理由のいかんによらず、暴力は許されない。

無論基於任何理由，暴力行為永遠是零容忍。

補 充

〖**いかん＋によらず**〗「如何によらず」是「いかん」跟不受某方面限制的「によらず（不管…）」，兩個句型的結合。

比較

● をよそに

不管…、無視…

接續方法 ｛名詞｝＋をよそに

意 思

【**無關**】 表示無視前面的狀況，進行後項的行為。意含把原本跟自己有關的事情，當作跟自己無關，多含責備的語氣。前多接負面的內容，後接無視前面的狀況的結果或行為。相當於「～を無視にして」、「～をひとごとのように」。中文意思是：「不管…、無視…」。

例文 a

周囲の喧騒をよそに、彼は自分の世界に浸っている。

他無視於周圍的喧嘩，沉溺在自己的世界裡。

◆ 比較說明 ◆

「いかんによらず」表示無關，表示不管前項如何，後項都可以成立。「をよそに」也表無關，表示無視前項的擔心、期待、反對等狀況，進行後項的行為。多含說話人責備的語氣。

いかんによらず【無關】 例文A

をよそに【無關】 例文a

3 うが、うと (も)
不管是…都…、即使…也…

接續方法 {[名詞・形容動詞] だろ／であろ；形容詞詞幹かろ；動詞意向形} ＋うが、うと (も)

意思1

【無關】表示逆接假定。前常接疑問詞相呼應，表示不管前面的情況如何，後面的事情都不會改變，都沒有關係。後面是不受前面約束的，要接想完成的某事，或表示決心、要求、主張、推量、勸誘等的表達方式。中文意思是：「不管是…都…、即使…也…」。

例文A

今どんなに辛かろうと、若いときの苦労はいつか必ず役に立つよ。

不管現在有多麼艱辛，年輕時吃過的苦頭必將對未來的人生有所裨益。

補充

〔評價〕後項大多接「関係ない、勝手だ、影響されない、自由だ、平気だ」等表示「隨你便、不干我事」的評價形式。

例文

あの人がどうなろうと、私には関係ありません。

不論那個人會發生什麼事，都和我沒有絲毫瓜葛。

比較

● ものなら
如果能…的話

接續方法 {動詞可能形} ＋ものなら

意思

【假定條件】提示一個實現可能性很小的事物，且期待實現的心情，接續動詞常用可能形，口語有時會用「もんなら」。中文意思是：「如果能…的話」。

南極かあ。行けるものなら、行ってみたいなあ。

南極喔……。如果能去的話，真想去一趟耶。

◆ 比較說明 ◆

「うと」表示無關，強調「後項不受前項約束而成立」的概念。表示逆接假定。用言前接疑問詞「なんと」，表示不管前面的情況如何，後面的事情都不會改變。後面是不受前面約束的，接表示決心的表達方式。「ものなら」表示假定條件，強調「可能情況的假定」的概念。表示萬一發生那樣的事情的話，事態將會十分嚴重。後項一般是嚴重、不好的事態。是一種誇張的表現。

うと【無關】

例文 A

ものなら【假定條件】

例文 a

🎧 Track 097

4 うが～うが、うと～うと
不管…、…也好…也好、無論是…還是…

接續方法 {[名詞・形容動詞] だろ／であろ；形容詞詞幹かろ；動詞意向形} ＋うが、うと＋{[名詞・形容動詞] だろ／であろ；形容詞詞幹かろ；動詞意向形} ＋うが、うと

意思 1

【無關】舉出兩個或兩個以上相反的狀態、近似的事物，表示不管前項如何，後項都會成立，都沒有關係，或是後項都是勢在必行的。中文意思是：「不管…、…也好…也好、無論是…還是…」。

ビールだろうがワインだろうが、お酒は一切ダメですよ。

啤酒也好、紅酒也好，所有酒類一律禁止飲用喔！

比較

• につけ～につけ

不管…或是…

接續方法 {[名詞;形容詞・動詞] 辭書形}＋につけ＋{[名詞;形容詞・動詞] 辭書形}＋につけ

意思

【無關】兩個「につけ」的前面要接對立的詞，表示無論哪種情況，哪個方面的意思。中文意思是：「不管…或是…」。

例文 a

テレビで見るにつけ、本で読むにつけ、宇宙に行きたいなあと思う。

不管是看到電視也好，或是讀到書裡的段落也好，總會讓我想上太空。

◆ 比較說明 ◆

「うが～うが」表示無關，舉出兩個相對或相反的狀態、近似的事物，表示不管前項是什麼狀況，後項都會不受約束而成立。「につけ～につけ」也表無關，接在兩個具有對立或並列意義的詞語後面，表示無論在其中任何一種情況下，都會出現後項。使用範圍較小。

5 うが～まいが
不管是…不是…、不管…不…

接續方法 {動詞意向形}＋うが＋{動詞辭書形；動詞否定形（去ない)}＋まいが

意思1

【無關】 表示逆接假定條件。這句型利用了同一動詞的肯定跟否定的意向形，表示無論前面的情況是不是這樣，後面都是會成立的，是不會受前面約束的。中文意思是：「不管是…不是…、不管…不…」。

例文A

君が納得しようがしまいが、これはこの学校の規則だからね。

無論你是否能夠認同，因為這就是這所學校的校規。

補充

〖冷言冷語〗 表示對他人冷言冷語的説法。

例文

商品が売れようが売れまいが、アルバイトの私にはどうでもいいことだ。

不管商品是暢銷還是滯銷，我這個領鐘點費的一點都不關心。

比較

● **かどうか**
是否…、…與否

接續方法 {名詞；形容動詞詞幹；[形容詞・動詞] 普通形}＋かどうか

意思

【不確定】 表示從相反的兩種情況或事物之中選擇其一。「かどうか」前面的部分接「不知是否屬實」的事情、情報。中文意思是：「是否…、…與否」。

例文 a

これでいいかどうか、教^{おし}えてください。

請告訴我這樣是否可行。

◆ 比較說明 ◆

「うが～まいが」表示無關，強調「不管前項如何，後項都會成立」的概念。表示逆接假定條件。前面接不會影響後面發展的事項，後接不受前句約束的內容。「かどうか」表示不確定，強調「從相反的兩種事物之中，選擇其一」的概念。「かどうか」前面接的是不知是否屬實的內容。

うが～まいが【無關】

例文 A

規則

かどうか【不確定】

例文 a

🎧 Track 099

6 うと～まいと

做…不做…都…、不管…不

接續方法 {動詞意向形}＋うと＋{動詞辭書形；動詞否定形（去ない）}＋まいと

意思1

【無關】 跟「うが～まいが」一樣，表示逆接假定條件。這句型利用了同一動詞的肯定跟否定的意向形，表示無論前面的情況是不是這樣，後面都是會成立的，是不會受前面約束的。中文意思是：「做…不做…都…、不管…不」。

あなたの病気が治ろうと治るまいと、私は一生あなたのそばにいますよ。

不論你的病能不能痊癒，我都會一輩子陪在你身旁。

補 充

〔冷言冷語〕 表示對他人冷言冷語的説法。

例 文

休日に出かけようと出かけまいと、私の勝手でしょう。

休息日要出門或者不出門，那是我的自由吧？

比較

● にしても～にしても

無論是…還是…

接續方法 {名詞；動詞普通形}＋にしても＋{名詞；動詞普通形}＋にしても

意 思

【列舉】 舉出兩個對立或同類的事物，表示不管是哪方面都一樣之意。中文意思是：「無論是…還是…」。

例文 a

男にしても女にしても、子供を育てるのは大変だ。

無論是男孩還是女孩，養小孩真的很辛苦。

◆ 比較說明 ◆

「うと～まいと」表示無關，表示無論前面的情況是否如此，後面都會成立的。是逆接假定條件的表現方式。「にしても～にしても」表示列舉，舉出兩個對立的事物，表示是無論哪種場合都一樣，無一例外之意。

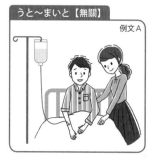

うと～まいと【無關】

例文A

にしても～にしても【列舉】

例文a

🎧 Track 100

7 かれ～かれ
或…或…、是…是…

接續方法 {形容詞詞幹}＋かれ＋{形容詞詞幹}＋かれ

意思1

【無關】 接在意思相反的形容詞詞幹後面，舉出這兩個相反的狀態，表示不管是哪個狀態、哪個場合都如此、都無關的意思。原為古語用法，但「遲かれ早かれ（遲早）、多かれ少なかれ（或多或少）、善かれ悪しかれ（不論好壞）」已成現代日語中的慣用句用法。中文意思是：「或…或…、是…是…」。

例文A

誰にでも多かれ少なかれ、人に言えない秘密があるものだ。

任誰都多多少少有一些不想讓別人知道的秘密嘛。

補 充

〖**よかれ、あしかれ**〗要注意「善（い）かれ」古語形容詞不是「いかれ」而是「善（よ）かれ」，「悪（わる）い」不是「悪（わる）かれ」，而是「悪（あ）しかれ」。

例 文

現代人は善かれ悪しかれ、情報化社会を生きている。

無論好壞，現代人生活在一個充斥著各種資訊的社會當中。

● だろうが～だろうが

不管是…還是…

接續方法 {名詞；形容動詞詞幹}＋だろうが＋{名詞；形容動詞詞幹}＋だろうが

意思

【無關】 表示不管前面並列的兩項如何，後項都一樣進行之意。中文意思是：「不管是…還是…」。

例文 a

子供だろうが、大人だろうが、自信が持てなければ成長はない。

不管是小孩還是大人，沒有自信都無法成長。

◆ 比較說明 ◆

「かれ～かれ」表示無關，接在意思相反的形容詞詞幹後面，表示不管是哪個狀態、場合都如此、都一樣無關之意。「だろうが～だろうが」也表無關，接在名詞後面，表示不管是前項還是後項，任何人事物都一樣的意思。

🎧 **Track 101**

8 であれ、であろうと

即使是…也…、無論…都…、不管…都…

接續方法 {名詞}＋であれ、であろうと

【無關】逆接條件表現。表示不管前項是什麼情況，後項的事態都還是一樣。後項多為説話人主觀的判斷或推測的內容。前面有時接「たとえ、どんな、何（なに／なん）」。中文意思是：「即使是…也…、無論…都…、不管…都…」。

例文A

たとえ世間の評判がどうであろうと、私にとっては大切な夫です。

即使社會對他加以抨擊撻伐，對我而言，他畢竟是我最珍愛的丈夫。

補　充

〔極端例子〕也可以在前項舉出一個極端例子，表達即使再極端的例子，後項的原則也不會因此而改變。

比較

• にして
在…（階段）時才…

接續方法 {名詞}＋にして

意　思

【時點】前接時間、次數等，表示到了某階段才初次發生某事，常用「名詞＋にしてようやく」、「名詞＋にして初めて」的形式。中文意思是：「在…（階段）時才…」。

例文a

60歳にして英語を学び始めた。

到了六十歲，才開始學英語。

◆ 比較說明 ◆

「であれ」表示無關，強調「即使是極端的前項，後項的評價還是成立」的概念。表示不管前項是什麼情況，後項的事態都還是一樣。後項多為説話人主觀的判斷或推測的內容。前面有時接「たとえ」。「にして」表示時點，強調「階段」的概念。表示到了前項那一個階段，才產生後項。後面常接難得可貴的事項。又表示兼具兩種性質和屬性。可以是並列，也可以是逆接。

であれ【無關】 例文A

にして【時點】 例文a

English

🎧 Track 102

9 によらず
不論…、不分…、不按照…

接續方法 {名詞}＋によらず

意思1

【無關】 表示該人事物和前項沒有關聯、不對應，不受前項限制，或是「在任何情況下」之意。中文意思是：「不論…、不分…、不按照…」。

例文A

年齢や性別によらず、各人の適性をみて採用します。

年齡、性別不拘，而看每個人的適應性，可勝任工作者即獲錄取。

比較

● にかかわらず

無論…與否…、不管…都…、儘管…也…

接續方法 {名詞；[形容詞・動詞] 辭書形；[形容詞・動詞] 否定形}＋
にかかわらず

意　思

【無關】 表示前項不是後項事態成立的阻礙。接兩個表示對立的事物，表示跟這些無關，都不是問題，前接的詞多為意義相反的二字熟語，或同一用言的肯定與否定形式。中文意思是：「無論…與否…、不管…都…、儘管…也…」。

このアイスは、季節の寒暑にかかわらず、よく売れて
いる。

這種冰淇淋不管季節是寒是暑都賣得很好。

◆ 比較說明 ◆

「によらず」表示無關，強調「不受前接事物的限制，與其無關」
的概念。表示不管前項一般認為的常理或條件如何，都跟後面的規
定沒有關係。也就是後面的行為，不受前面條件的限制。後項一般
接不受前項規範，且常是較寬裕、較積極的內容。「にかかわらず」
也表無關，強調「不受前接事物的影響，與其無關」的概念。表示
不拘泥於某事物。接兩個表示對立的事物，表示跟這些無關，都不
是問題。前接的詞多為意義相反的二字熟語，或同一用言的肯定與
否定形式。

🎧 Track 103

10 をものともせず（に）
不當…一回事、把…不放在眼裡、不顧…

接續方法 {名詞}＋をものともせず（に）

意思1

【無關】 表示面對嚴峻的條件，仍然毫不畏懼，含有不畏懼前項的
困難或傷痛，仍勇敢地做後項。後項大多接正面評價的句子。不用
在說話者自己。跟含有譴責意味的「をよそに」比較，「をものと
もせず（に）」含有讚歎的意味。中文意思是：「不當…一回事、把…
不放在眼裡、不顧…」。

例文A

隊員たちは険しい山道をものともせず、行方不明者の捜索を続けた。

那時隊員們不顧山徑險惡，持續搜索失蹤人士。

比較

● いかんによらず

不管…如何、無論…為何、不按…

接續方法 {名詞(の)}＋いかんによらず

意思

【無關】 表示不管前面的理由、狀況如何，都跟後面的規定、決心或觀點沒有關係。也就是後面的行為，不受前面條件的限制，強調前項的內容，對後項的成立沒有影響。中文意思是：「不管…如何、無論…為何、不按…」。

例文a

役職のいかんによらず、配当は平等に分配される。

不管職位的高低，紅利都平等分配。

◆ 比較說明 ◆

「をものともせず」表示無關，強調「不管前項如何困難，後項都勇敢面對」的概念。後項大多接不畏懼前項的困難，改變現況、解決問題的正面積極評價的句子。「いかんによらず」也表無關，強調「不管前項如何，後項都可以成立」的概念。表示不管前面的理由、狀況如何，都跟後面的規定、決心或觀點沒有關係。也就是後面的行為，不受前面條件的限制。

をものともせず【無關】

例文A

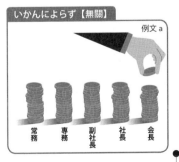

いかんによらず【無關】

例文a

常務　専務　副社長　社長　会長

11 をよそに
不管…、無視…

接続方法 {名詞}＋をよそに

意思1

【無關】 表示無視前面的狀況，進行後項的行為。意含把原本跟自己有關的事情，當作跟自己無關，多含責備的語氣。前多接負面的內容，後接無視前面的狀況的結果或行為。相當於「を無視にして」、「をひとごとのように」。中文意思是：「不管…、無視…」。

例文 A

世間の健康志向をよそに、この店では大盛りラーメンが大人気だ。

這家店的特大號拉麵狂銷熱賣，恰恰與社會這股健康養生的風潮背道而馳。

比較

● によらず
不管…如何、無論…為何、不按…

接続方法 {名詞}＋によらず

意思

【無關】 表示不管前面的理由、狀況如何，都跟後面的規定、決心或觀點沒有關係。也就是後面的行為，不受前面條件的限制，強調前項的內容，對後項的成立沒有影響。中文意思是：「不管…如何、無論…為何、不按…」。

例文 a

この政治家は、年齢や性別によらず、幅広い層から支持されている。

這位政治家在不分年齡與性別的廣大族群中普遍得到支持。

「をよそに」表示無關，強調「無視前項，而進行後項」的概念。表示無視前面的狀況或不顧別人的想法，進行後項的行為。多用在責備的意思上。「によらず」也表無關，強調「不受前項限制，而進行後項」的概念。表示不管前面的理由、狀況如何，都跟後面的規定、決心或觀點沒有關係。也就是後面的行為，不受前面條件的限制。後項一般是較積極的內容。

をよそに【無關】 例文A

によらず【無關】 例文a

🎧 Track 105

12 いかんだ
(1)…將會如何；(2)…如何，要看…、能否…要看…、取決於…、(關鍵)在於…如何

接續方法 {名詞 (の)} ＋いかんだ

意思1

【疑問】 句尾用「いかん／いかに」表示疑問，「前項將會如何」之意。接續用法多以「名詞＋や＋いかん／いかに」的形式。中文意思是：「…將會如何」。

例文A

さて、智の運命やいかん。続きはまた来週。

至於小智的命運將會如何？請待下週分曉。

意思2

【關連】 表示前面能不能實現，那就要根據後面的狀況而定了。前項的事物是關連性的決定因素，決定後項的實現、判斷、意志、評價、看法、感覺。「いかん」是「如何」之意。中文意思是：「…如何，要看…、能否…要看…、取決於…、(關鍵)在於…如何」。

どれだけ売れるかは、宣伝のいかんだ。

銷售量多寡的關鍵在於行銷是否成功。

比較

● いかんで (は)

要看…如何、取決於…

接續方法 {名詞 (の)} ＋いかんで (は)

意 思

【對應】 表示後面會如何變化，那就要看前面的情況、內容來決定了。「いかん」是「如何」之意，「で」是格助詞。中文意思是：「要看…如何、取決於…」。

例文 b

展示方法いかんで、売り上げは大きく変わる。

隨著展示方式的不同，營業額也大有變化。

◆ 比較說明 ◆

「いかんだ」表示關連，表示能不能實現，那就要根據「いかんだ」前面的名詞的狀況、努力等程度而定了。「いかんで」表示對應，表示後項是否會有變化，要取決於前項。後項大多是某個決定。

いかんだ【關連】 例文B

いかんで【對應】 例文b

13 てからというもの（は）
自從…以後一直、自從…以來

接續方法 {動詞て形}＋てからというもの（は）

意思1

【前後關係】 表示以前項行為或事件為契機，從此以後某事物的狀態、某種行動、思維方式有了很大的變化。說話人敘述時含有感嘆及吃驚之意。用法、意義跟「てから」大致相同。書面用語。中文意思是：「自從…以後一直、自從…以來」。

例文A

きむら
木村さん、結婚してからというもの、どんどん太るね。

木村小姐自從結婚以後就像吹氣球似地愈來愈胖呢。

比較

● **てからでないと、てからでなければ**
   不…就不能…、不…之後，不能…、…之前，不…

接續方法 {動詞て形}＋からでないと、からでなければ

意 思

【條件關係】 表示如果不先做前項，就不能做後項。相當於「〜した後でなければ」。中文意思是：「不…就不能…、不…之後，不能…、…之前，不…」。

例文a

じゅんび たいそう   はい
準備体操をしてからでないと、プールに入ってはいけません。

不先做暖身運動，就不能進游泳池。

◆ 比較說明 ◆

「てからというもの」表示前後關係，強調「以某事物為契機，使後項變化很大」的概念。表示以某行為或事件為轉折點，從此以後某行動、想法、狀態發生了很大的變化。含有說話人自己對變化感到驚訝或感慨的語感。「てからでないと」表示條件關係，強調「如果不先做前項，就不能做後項」的概念。後項多是不可能、不容易相關句子。

てからというもの【前後關係】

例文 A

てからでないと【條件關係】

例文 a

MEMO

10 実力テスト 做對了，往😊走，做錯了往❌走。

次の文の＿＿＿＿にはどんな言葉を入れたらよいか。1・2から最も適当なものをひとつ選びなさい。

實力測驗
Q 哪一個是正確的？

---

1 景気が（　　）、私の仕事にはあまり関係がない。
1. 回復しようとしまいと
2. 回復するかどうか

譯
1. 回復しようとしまいと：不管是否恢復
2. 回復するかどうか：是否恢復

---

2 彼女は見かけに（　　）、かなりしっかりしていますよ。
1. かかわらず　　2. よらず

譯
1. にかかわらず：不管…都…
2. によらず：跟…不同

---

3 医者の忠告（　　）、お酒を飲んでしまいました。
1. をよそに　　　2. によらず

譯
1. をよそに：不管…
2. によらず：不論…

---

4 けがを（　　）、最後まで走りぬいた。
1. ものともせず　2. いかんによらず

譯
1. をものともせず：不當…一回事
2. いかんによらず：不管…如何…

---

5 息子は働き始め（　　）、ずいぶんしっかりしてきました。
1. てからでないと
2. てからというもの

譯
1. てからでないと：如果不…就不能…
2. てからというもの：自從…以來

---

6 オーブンレンジであれば、どのメーカーのもの（　　）構いません。
1. にして　　　　2. であろうと

譯
1. にして：直到…才…
2. であろうと：無論…還是…

答案：（1）1 （2）2 （3）1
（4）1 （5）2 （6）2

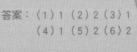

Chapter

11

★★★★★

条件、基準、依拠、逆説、比較、対比

1 うものなら
2 がさいご、たらさいご
3 とあれば
4 なくして(は)～ない
5 としたところで、としたって
6 にそくして、にそくした

7 いかんによって(は)
8 をふまえて
9 こそあれ、こそあるが
10 くらいなら、ぐらいなら
11 なみ
12 にひきかえ～は

🎧 Track 107

1 うものなら
如果要…的話，就…、只(要)…就…

接續方法 {動詞意向形}＋うものなら

意思1

【條件】 假定條件表現。表示假設萬一發生那樣的事情的話，事態將會十分嚴重。後項一般是嚴重、不好的事態。是一種比較誇張的表現。中文意思是：「如果要…的話，就…、只(要)…就…」。

例文A

この企画が失敗しようものなら、我が社は倒産だ。

萬一這項企劃案功敗垂成，本公司就得關門大吉了。

比較

● ものだから
就是因為…，所以…

接續方法 {[名詞・形容動詞詞幹]な；[形容詞・動詞]普通形}＋ものだから

意　思

【理由】 表示原因、理由，相當於「から、ので」常用在因為事態的程度很厲害，因此做了某事。中文意思是：「就是因為…，所以…」。

例文a

パソコンが壊れたものだから、レポートが書けなかった。

由於電腦壞掉了，所以沒辦法寫報告。

「うものなら」表示條件，強調「可能情況的提示性假定」的概念。表示萬一發生前項那樣的事情的話，後項的事態將會十分嚴重。後項一般是嚴重、不好的事態。注意前接動詞意向形。「ものだから」表示理由，強調「個人對理由的辯解、說明」的概念。常用在因為前項的事態的程度很厲害，因此做了後項的某事。含有對事出意料之外、不是自己願意…等的理由，進行辯白。結果是消極的。

うものなら【條件】
例文A

ものだから【理由】
例文a

🎧 Track 108

2 がさいご、たらさいご
(一旦) …就完了、(一旦…) 就必須…、(一…) 就非得…

接續方法 {動詞た形} ＋が最後、たら最後

意思1

【條件】 假定條件表現。表示一旦做了某事，就一定會產生後面的情況，或是無論如何都必須採取後面的行動。後面接說話人的意志或必然發生的狀況，且後面多是消極的結果或行為。中文意思是：「(一旦) …就完了、(一旦…) 就必須…、(一…) 就非得…」。

例文A

うちの奥さんは、一度怒ったら最後、３日は機嫌が治らない。

我老婆一旦發飆，就會氣上整整三天三夜。

補充

〔たら最後～可能否定〕「たら最後」的接續是「動詞た形＋ら＋最後」而來的，是更口語的說法，句尾常用可能形的否定。

この薬は効果はあるが、一度使ったら最後、なかなか
止められない。

這種藥雖然有效，但只要服用過一次，恐怕就得長期服用了。

比較

● たところで〜ない

即使…也不…、雖然…但不、儘管…也不…

接續方法 {動詞た形}＋たところで〜ない

意 思

【期待】接在動詞た形之後，表示即使前項成立，後項的結果也是
與預期相反，無益的、沒有作用的，或只能達到程度較低的結果，
所以句尾也常跟「無駄、無理」等否定意味的詞相呼應。句首也常
與「どんなに、何回、いくら、たとえ」相呼應表示強調。後項多
為説話人主觀的判斷。中文意思是：「即使…也不…、雖然…但不、
儘管…也不…」。

例文 a

たとえ応募したところで、採用されるとは限らない。

假設即使去應徵了，也不保證一定會被錄用。

◆ 比較說明 ◆

「がさいご」表示條件，表示一旦做了前項，就完了，就再也無法
回到原狀了。後接説話人的意志或必然發生的狀況。接在動詞過去
形之後，後面多是消極的結果或行為。「たところで〜ない」表示
期待，表示即使前項成立，後項的結果也是與預期相反，沒有作用
的，或只能達到程度較低的結果。後項多為説話人主觀的判斷。也
接在動詞過去形之後，句尾接否定的「ない」。

がさいご【條件】

例文A

たところで〜ない【期待】

例文a

3 とあれば
如果…那就…、假如…那就…、如果是…就一定

接續方法 {名詞；[名詞・形容詞・形容動詞・動詞] 普通形；形容動詞詞幹} ＋とあれば

意思1

【條件】 是假定條件的説法。表示如果是為了前項所提的事物，是可以接受的，並將採取後項的行動。前面常跟表示目的的「ため」一起使用，表示為了假設情形的前項，會採取後項。後句不能出現表示請求或勸誘的句子。中文意思是：「如果…那就…、假如…那就…、如果是…就一定」。

例文A

必要とあれば、こちらから御社へご説明に伺います。

如有需要，我方可前往貴公司説明。

比較

● **とあって**
由於…（的關係）、因為…（的關係）

接續方法 {名詞；[名詞・形容詞・形容動詞・動詞] 普通形；形容動詞詞幹} ＋とあって

【原因】表示理由、原因。由於前項特殊的原因，當然就會出現後項特殊的情況，或應該採取的行動。後項是說話人敘述自己對某種特殊情況的觀察。書面用語，常用在報紙、新聞報導中。中文意思是：「由於…（的關係）、因為…（的關係）」。

例文 a

年頃とあって、最近娘はお洒落に気を使っている。

因為正值妙齡，女兒最近很注重打扮。

◆ 比較說明 ◆

「とあれば」表示條件，表示假定條件。強調「如果出現前項情況，就採取後項行動」的概念。表示如果是為了前項所提的事物，那就採取後項的行動。後句不能出現表示請求或勸誘的句子。「とあって」表示原因，強調「有前項才有後項」的概念，表示原因和理由承接的因果關係。由於前項特殊的原因，當然就會出現後項特殊的情況，或應該採取的行動。

とあれば【條件】
必要とあれば
例文 A

とあって【原因】
例文 a

🎧 Track 110

4　なくして（は）〜ない
如果沒有…就不…、沒有…就沒有…

接續方法 {名詞；動詞辭書形} ＋（こと）なくして（は）〜ない

【條件】 表示假定的條件。表示如果沒有不可或缺的前項，後項的事情會很難實現或不會實現。「なくして」前接一個備受盼望的名詞，後項使用否定意義的句子（消極的結果）。「は」表示強調。書面用語，口語用「なかったら」。中文意思是：「如果沒有…就不…、沒有…就沒有…」。

例文A

日頃(ひごろ)しっかり訓練(くんれん)することなくしては、緊急時(きんきゅうじ)の避難(ひなん)行動(こうどう)はできません。

倘若平時沒有紮實的訓練，遇到緊急時刻就無法順利避難。

比較

● ないまでも

没有…至少也…、就是…也該…、即使不…也…

接續方法 {名詞で（は）；[形容詞・形容動詞・動詞] 否定形} ＋ないまでも

意思

【程度】 前接程度比較高的，後接程度比較低的事物。表示雖然不至於到前項的地步，但至少有後項的水準的意思。後項多為表示義務、命令、意志、希望、評價等內容。後面為義務或命令時，帶有「せめて、少なくとも」等感情色彩。中文意思是：「沒有…至少也…、就是…也該…、即使不…也…」。

例文a

毎日(まいにち)ではないまでも、週(しゅう)に1回(かい)12時(じ)までの残業(ざんぎょう)がある。

雖說不是每天，有時還是一週會有一天得加班到12點。

◆ 比較說明 ◆

「なくして～ない」表示條件，表示假定的條件。強調「如果沒有前項，後項將難以實現」的概念。「なくして」前接一個備受盼望的名詞，後項使用否定意義的句子（消極的結果）。「ないまでも」表示程度，強調「雖沒達到前項的程度，但可以達到後項的程度」的概念。前接程度高的，後接程度低的事物。表示雖然達不到前項，但可以達到程度較低的後項。

なくして～ない【條件】　例文A

ないまでも【程度】　例文a

週に1回

5 としたところで、としたって

(1) 就算…也…；(2) 即使…是事實，也…

意思1

【判斷的立場】{名詞}＋としたところで、としたって、にしたところで、にしたって。從前項的立場、想法及情況來看後項也會成立，後面通常會接否定表現。中文意思是：「就算…也…」。

例文A

無理に覚えようとしたって、効率が悪いだけだ。
（むり　おぼ　　　　　　　　　　こうりつ　わる）

就算勉強死背硬記，也只會讓效率變得愈差而已。

意思2

【假定條件】{[名詞・形容詞・形容動詞・動詞]普通形}＋としたところで、としたって。為假定的逆接表現。表示即使假定事態為前項，但結果為後項。中文意思是：「即使…是事實，也…」。

例文B

君が彼の邪魔をしようとしたところで、彼が今以上に強くなるだけだと思うよ。
（きみ　かれ　じゃま　　　　　　　　　　　　かれ　いま　いじょう　つよ　　　　　　　おも）

即使你試圖阻撓，我認為只會激發他發揮比現在更強大的潛力。

● としても

即使…，也…、就算…，也…

接續方法 {名詞だ；形容動詞詞幹だ；[形容詞・動詞]普通形}＋
としても

意思

【假定條件】表示假設前項是事實或成立，後項也不會起有效的
作用，或者後項的結果，與前項的預期相反。相當於「その場合で
も」。中文意思是：「即使…，也…、就算…，也…」。

例文b

これが本物の宝石だとしても、私は買いません。

即使這是真的寶石，我也不會買的。

◆ 比較說明 ◆

「としたところで」表示假定條件，表示即使以前項為前提來進行，
但結果還是後項的情況。「としても」也表假定條件，表示前項是
假定或既定的讓步條件，後項是跟前項相反的內容。

としたところで【假定條件】　例文B

としても【假定條件】　例文b
買わない

🎧 Track 112

---

6 にそくして、にそくした
依據…（的）、根據…（的）、依照…（的）、基於…（的）

接續方法 {名詞}＋に即して、に即した

【基準】「即す」是「完全符合，不脱離」之意，所以「に即して」接在事實、規範等意思的名詞後面，表示「以那件事為基準」，來進行後項。中文意思是:「依據…（的）、根據…（的）、依照…（的）、基於…（的）」。

例文A

式はプログラムに即して進行します。

儀式將按照預定的時程進行。

補　充

〖に即した（Ａ）Ｎ〗常接「時代、実験、実態、事実、現実、自然、流れ」等名詞後面，表示按照前項，來進行後項。如果後面出現名詞，一般用「に即した＋（形容詞・形容動詞）名詞」的形式。

例　文

会社の現状に即した経営計画が必要だ。

必須提出一個符合公司現況的營運計畫。

比較

● をふまえて
根據…、以…為基礎

接續方法 {名詞}＋を踏まえて

意　思

【依據】表示以前項為前提、依據或參考，進行後面的動作。後面的動作通常是「討論する（辯論）、話す（説）、検討する（討論）、抗議する（抗議）、論じる（論述）、議論する（爭辯）」等和表達有關的動詞。多用於正式場合，語氣生硬。中文意思是:「根據…、以…為基礎」。

例文a

自分の経験を踏まえて話したいと思います。

我想根據自己的經驗來談談。

「にそくして」表示基準，強調「以某規定等為基準」的概念。表示以某規定、事實或經驗為基準，來進行後項。也就是根據現狀，把現狀也考量進去，來進行後項的擬訂計畫。助詞用「に」。「をふまえて」表示依據，強調「以某事為判斷的依據」的概念。表示將某事作為判斷的根據、加入考量，或作為前提，來進行後項。後面常跟「～（考え直す）必要がある」相呼應。注意助詞用「を」。

にそくして【基準】

例文A

プログラム

09:30-
開会の挨拶

10:00-
講演

12:00-
閉会の挨拶

をふまえて【依據】

例文a

経験を
踏まえて

🎧 Track 113

7 いかんによって（は）
根據…、要看…如何、取決於…

接續方法 {名詞（の）}＋いかんによって（は）

意思1

【依據】 表示依據。根據前面的狀況，來判斷後面發生的可能性。前面是在各種狀況中，選其中的一種，而在這一狀況下，讓後面的內容得以成立。中文意思是：「根據…、要看…如何、取決於…」。

例文A

治療方法（ち りょうほうほう）のいかんによって、再発率（さいはつりつ）も異（こと）なります。

採用不同的治療方法，使得該病的復發率也有所不同。

比較

● しだいだ、しだいで（は）
全憑…、要看…而定、決定於…

接續方法 {名詞}＋次第だ、次第で（は）

【關連】 表示行為動作要實現，全憑「次第だ」前面的名詞的情況而定。中文意思是：「全憑…、要看…而定、決定於…」。

例文 a

合わせる小物次第でオフィスにもデートにも着回せる便利な1着です。

依照搭襯不同的配飾，這件衣服可以穿去上班，也可以穿去約會，相當實穿。

◆ 比較說明 ◆

「いかんによって」表示依據，強調「結果根據的條件」的概念。表示根據前項的條件，決定後項的結果。前接名詞時，要加「の」。「しだいで」表示關連，強調「行為實現的根據」的概念。表示事情能否實現，是根據「次第」前面的情況如何而定的，是被它所左右的。前面接名詞時，不需加「の」，後面也不接「によって」。

🎧 Track 114

8 をふまえて
根據…、以…為基礎

接續方法 {名詞}＋を踏まえて

意思 1

【依據】 表示以前項為前提、依據或參考，進行後面的動作。後面的動作通常是「討論する（辯論）、話す（說）、檢討する（討論）、抗議する（抗議）、論じる（論述）、議論する（爭辯）」等和表達有關的動詞。多用於正式場合，語氣生硬。中文意思是：「根據…、以…為基礎」。

例文A

では以上の発表を踏まえて、各々グループで話し合いを始めてください。

那麼請各組以上述報告內容為基礎，開始進行討論。

比較

● をもとに（して／した）

以…為根據、以…為參考、在…基礎上

接續方法 {名詞}＋をもとに（して／した）

意思

【依據】 表示將某事物作為後項的依據、材料或基礎等，後項的行為、動作是根據或參考前項來進行的。中文意思是：「以…為根據、以…為參考、在…基礎上」。

例文a

集めたデータをもとにして、今後を予測した。

根據蒐集而來的資料預測了往後的走向。

◆ 比較說明 ◆

「をふまえて」表示依據，表示以前項為依據或參考等，在此基礎上發展後項的想法或行為等。「をもとにして」也表依據，表示以前項為根據或素材等，來進行後項的改編、改寫或變形等。

をふまえて【依據】
例文A
グループで話し合い

をもとにして【依據】
例文a

9 こそあれ、こそあるが

(1) 只是（能）…、只有…；(2) 雖然…、但是…

接續方法 {名詞；形容動詞て形}＋こそあれ、こそあるが

意思 1

【強調】 有強調「是前項，不是後項」的作用，比起「こそある
が」，更常使用「こそあれ」。此句型後面常與動詞否定形相呼應使
用。中文意思是：「只是（能）…、只有…」。

例文 A

厳しい方でしたが、先生には感謝こそあれ、恨みなど
一切ありません。

老師的教導方式雖然嚴厲，但我對他只有衷心的感謝，沒有一丁點的
恨意。

意思 2

【逆接】 為逆接用法。表示即使認定前項為事實，但說話人認為後
項才是重點。「こそあれ」是古語的表現方式，現在較常使用在正
式場合或書面用語上。中文意思是：「雖然…、但是…」。

例文 B

今は無名でこそあるが、彼女は才能溢れる芸術家だ。

雖然目前仍是默默無聞，但她確實是個才華洋溢的藝術家！

比較
● とはいえ

雖然…但是…

接續方法 {名詞 (だ)；形容動詞詞幹 (だ)；[形容詞・動詞] 普通形}＋
とはいえ

意思

【逆接轉折】 前後句是針對同一主詞所做的敘述，表示先肯定那
事雖然是那樣，但是實際上卻是後項的結論。也就是後項的說明，
是對前項既定事實的否定或是矛盾。後項一般為說話人的意見、判
斷的內容。書面用語。中文意思是：「雖然…但是…」。

マイホームとはいえ、20年のローンがある。

雖說是自己的房子，但還有二十年的貸款要付。

◆ 比較說明 ◆

「こそあれ」表示逆接，表示雖然認定前項為事實，但說話人認為後項的不同或相反，才是重點。是古老的表達方式。「とはいえ」表示逆接轉折。表示雖然先肯定前項，但是實際上卻是後項仍然有不足之處的結果。書面用語。

こそあれ【逆接】
例文 B

とはいえ【逆接轉折】
例文 b
20年ローン

🎧 Track 116

10 くらいなら、ぐらいなら
與其…不如…（比較好）、與其忍受…還不如…

接續方法 {動詞辭書形} ＋くらいなら、ぐらいなら

意思 1

【比較】 表示與其選擇情況最壞的前者，不如選擇後者。說話人對前者感到非常厭惡，認為與其叫人厭惡的前者，不如後項的狀態好。中文意思是：「與其…不如…（比較好）、與其忍受…還不如…」。

例文 A

満員電車に乗るくらいなら、1時間歩いて行くよ。

與其擠進像沙丁魚罐頭似的電車車廂，倒不如走一個鐘頭的路過去。

〔**〜方がましだ等**〕　常用「くらいなら〜ほうがましだ、くらいなら〜ほうがいい」的形式，為了表示強調，後也常和「むしろ（寧可）」相呼應。「ましだ」表示雖然兩者都不理想，但比較起來還是這一方好一些。

比較

● というより

與其說⋯，還不如說⋯

接續方法　{名詞；形容動詞詞幹；[名詞・形容詞・形容動詞・動詞] 普通形}＋というより

意　思

【**比較**】　表示在相比較的情況下，後項的說法比前項更恰當後項是對前項的修正、補充或否定，比直接、毫不留情加以否定的「〜ではなく」，說法還要婉轉。中文意思是：「與其說⋯，還不如說⋯」。

例文 a

好きじゃないというより、嫌いなんです。

與其說不喜歡，不如說討厭。

◆ 比較說明 ◆

「くらいなら」表示比較，強調「與其忍受前項，還不如後項的狀態好」的概念。指出最壞情況，表示雖然兩者都不理想，但與其選擇前者，不如選擇後者。表示說話人不喜歡前者的行為。後項多接「ほうがいい、ほうがましだ、なさい」等句型。「というより」也表比較，強調「與其說前項，還不如說後項更適合」的概念。表示在判斷或表現某事物，在比較過後，後項的說法比前項更恰當。後項是對前項的修正、補充或否定。常和「むしろ」相呼應。

11 なみ
相當於…、和…同等程度、與…差不多

接續方法 {名詞}＋並み

意思1

【比較】 表示該人事物的程度幾乎和前項一樣。「並み」含有「普通的、平均的、一般的、並列的、相同程度的」之意。像是「男並み（和男人一樣的）、人並み（一般）、月並み（每個月、平庸）」等都是常見的表現。中文意思是：「相當於…、和…同等程度、與…差不多」。

例文A

もう3月なのに今日は真冬並みの寒さだ。

都已經三月了，今天卻還冷得跟寒冬一樣。

補 充

〖並列〗 有時也有「把和前項許多相同的事物排列出來」的意思，像是「街並み（街上房屋成排列的樣子）、軒並み（家家戶戶）」。

例 文

来月から食料品は軒並み値上がりするそうだ。

聽說從下個月起，食品價格將會全面上漲。

● わりに (は)

（比較起來）雖然…但是…、但是相對之下還算…、可是…

接續方法 {名詞の；形容動詞詞幹な；[形容詞・動詞] 普通形} ＋
わりに (は)

意 思

【比較】表示結果跟前項條件不成比例、有出入或不相稱，結果劣於或好於應有程度，相當於「のに」、「にしては」。中文意思是：「（比較起來）雖然…但是…、但是相對之下還算…、可是…」。

例文 a

この国は、熱帯のわりには過ごしやすい。

這個國家雖處熱帶，但住起來算是舒適的。

◆ 比較說明 ◆

「なみ」表示比較，表示該人事物的程度幾乎和前項一樣。「わりには」也表比較，表示結果跟前項條件不成比例、有出入或不相稱。表示比較的基準。

🎧 Track 118

12 にひきかえ〜は

與…相反、和…比起來、相較起…、反而…、然而…

接續方法 {名詞 (な)；形容動詞詞幹な；[形容詞・動詞] 普通形} ＋
(の) にひきかえ〜は

【對比】 比較兩個相反或差異性很大的事物。含有說話人個人主觀的看法。書面用語。跟站在客觀的立場，冷靜地將前後兩個對比的事物進行比較「に対して」比起來，「にひきかえ」是站在主觀的立場。中文意思是：「與…相反、和…比起來、相較起…、反而…、然而…」。

例文A

姉は本が好きなのにひきかえ、妹はいつも外を走り回っている。

姊姊喜歡待在家裡看書，然而妹妹卻成天在外趴趴走。

比較

● にもまして

更加地…、加倍的…、比…更…、比…勝過…

接續方法 {名詞}＋にもまして

意思

【強調程度】 表示兩個事物相比較。比起前項，後項更為嚴重，更勝一籌，前面常接時間、時間副詞或是「それ」等詞，後接比前項程度更高的內容。中文意思是：「更加地…、加倍的…、比…更…、比…勝過…」。

例文a

高校3年生になってから、彼は以前にもまして真面目に勉強している。

上了高三，他比以往更加用功。

◆ 比較說明 ◆

「にひきかえ」表示對比，強調「前後事實，正好相反或差別很大」的概念。把兩個對照性的事物做對比，表示反差很大。含有說話人個人主觀的看法。積極或消極的內容都可以接。「にもまして」表示強調程度，強調「在此之上，程度更深一層」的概念。表示兩個事物相比較。比起前項，後項的數量或程度更深一層，更勝一籌。

にひきかえ【對比】

例文A

姉　　妹

にもまして【強調程度】

例文a

MEMO

実力テスト

做對了，往 走，做錯了往 走。

次の文の_____にはどんな言葉を入れたらよいか。1・2から最も適当なものをひとつ選びなさい。

實力測驗
Q 哪一個是正確的？

1 睡眠の（　　）によって、体調の善し悪しも違います。
1. しだい　　　2. いかん

譯 1. しだい：要看…如何
2. いかんによって：根據…

2 子供のレベルに（　　）授業をしなければ、意味がありません。
1. 即した　　　2. 踏まえた

譯 1. に即した：根據…（的）
2. を踏まえた：在…基礎上

3 謝る（　　）、最初からそんなことしなければいいのに。
1. ぐらいなら　　2. というより

譯 1. ぐらいなら：與其…不如…
2. というより：與其說…，還不如說…

4 姉（　　）、妹は無口で恥ずかしがり屋です。
1. にもまして　　2. にひきかえ

譯 1. にもまして：更加地…
2. にひきかえ：和…比起來…

5 あの犬はちょっとでも近づこう（　　）、すぐ吠えます。
1. ものなら　　　2. ものだから

譯 1. ものなら：如果要…的話，就…
2. ものだから：就是因為…，所以…

6 あのスナックは（　　）、もう止まりません。
1. 食べたところで
2. 食べたら最後

譯 1. 食べたところで：即使吃了…也不…
2. 食べたら最後：一旦吃了，就必定…

7 大型の台風が来る（　　）、雨戸も閉めた方がいい。
1. とあって　　　2. とあれば

譯 1. とあって：由於…（的關係）
2. とあれば：如果…那就…

8 あなた（　　）、生きていけません。
1. なくしては　　2. ないまでも

譯 1. なくしては：如果沒有…
2. ないまでも：沒有…至少也…

答案：(1) 2 (2) 1 (3) 1
(4) 2 (5) 1 (6) 2
(7) 2 (8) 1

感情、心情、期待、允許

1 ずにはおかない、ないではおかない
2 （さ）せられる
3 てやまない
4 のいたり（だ）
5 をきんじえない
6 てはかなわない、てはたまらない
7 てはばからない

8 といったらない、といったら
9 といったらありはしない
10 たところが
11 たところで（〜ない）
12 てもさしつかえない、でもさしつ
　かえない

★★★★★

🎧 Track 119

1 ずにはおかない、ないではおかない

(1) 必須…、一定要…、勢必…；(2) 不能不…、不由得…

接續方法 {動詞否定形（去ない）}＋ずにはおかない、ないではおかない

意思1

【強制】 當前面接的是表示動作的動詞時，則有主動、積極的「不做到某事絕不罷休、後項必定成立」語感，語含個人的決心、意志，具有強制性地，使對方陷入某狀態的語感。中文意思是：「必須…、一定要…、勢必…」。

例文A

部長に告げ口したのは誰だ。白状させずにはおかないぞ。

到底是誰向經理告密的？我非讓你招認不可！

意思2

【感情】 前接心理、感情等動詞，表示由於外部的強力，使得某種行為，沒辦法靠自己的意志控制，自然而然地就發生了，所以前面常接使役形的表現。請注意前接サ行變格動詞時，要用「せずにはおかない」。中文意思是：「不能不…、不由得…」。

例文B

この映画は、見る人の心に衝撃を与えずにはおかない問題作だ。

這部充滿爭議性的電影，不由得讓每一位觀眾的心靈受到衝擊。

● ずにはいられない

不得不…、不由得…、禁不住…

接續方法 {動詞否定形 (去ない)} ＋ずにはいられない

意 思

【強制】 表示自己的意志無法克制，情不自禁地做某事，為書面用語。中文意思是：「不得不…、不由得…、禁不住…」。

例文b

すばらしい風景を見ると、写真を撮らずにはいられません。

一看到美麗的風景，就禁不住想拍照。

◆ 比較說明 ◆

「ずにはおかない」表示感情，強調「一種強烈的情緒、慾望」的概念。主語可以是「人或物」，由於外部的強力，使得某種行為，沒辦法靠自己的意志控制，自然而然地就發生了。有主動、積極的語感。「ずにはいられない」表示強制，強調「自己情不自禁做某事」的概念。主詞是「人」，表示自己的意志無法克制，情不自禁地做某事。

ずにはおかない【感情】
例文B

ずにはいられない【強制】
例文b

🎧 **Track 120**

2 (さ) せられる

不禁…、不由得…

接續方法 {動詞使役被動形} ＋ (さ) せられる

【強調感情】 表示説話者受到了外在的刺激，自然地有了某種感觸。中文意思是：「不禁…、不由得…」。

意思1

例文A

彼女の細かい心くばりに感心させられた。
かのじょ　こま　こころ　　　　かんしん

她無微不至的照應不由得讓人感到佩服。

比較

● **てやまない**

…不已、一直…

接續方法 {動詞て形}＋てやまない

意 思

【強調感情】 接在感情動詞後面，表示發自內心的感情，且那種感情一直持續著。這個句型由古漢語「…不已」的訓讀發展而來。常見於小説或文章當中，會話中較少用。中文意思是：「…不已、一直…」。

例文a

努力すれば報われると信じてやまない。
どりょく　　むく　　　　　　しん

對於努力就有回報的這份信念深信不疑。

◆ 比較說明 ◆

「させられる」表示強調感情，強調「受刺激而發出某感觸」的概念。表示説話者受到了外在的刺激，自然地有了某種感觸。「てやまない」也表強調感情，強調「某強烈感情一直在」的概念。接在感情動詞後面，表示發自內心的某種強烈的感情，且那種感情一直持續著。

させられる【強調感情】
例文A

てやまない【強調感情】
例文a

努力すれば
報われる

3 てやまない
…不已、一直…

接續方法 {動詞て形}＋てやまない

意思1

【強調感情】 接在感情動詞後面，表示發自內心關懷對方的心情、想法極為強烈，且那種感情一直持續著。由於是表示說話人的心情，因此一般不用在第三人稱上。這個句型由古漢語「…不已」的訓讀發展而來。常見於小說或文章當中，會話中較少用。中文意思是：「…不已、一直…」。

例文A

お二人の幸せを願ってやみません。

由衷祝福二位永遠幸福。

補充

〔**現象或事態持續**〕 表示現象或事態的持續。

例文

どの時代においても人民は平和を求めてやまないものだ。

無論在任何時代，人民永遠追求和平。

● て（で）たまらない

非常…、…得受不了

接續方法 {[形容詞・動詞]て形}＋てたまらない、{形容動詞詞幹}＋でたまらない

意思

【感情】 指説話人處於難以抑制，不能忍受的狀態，前接表達感覺、感情的詞，表示説話人強烈的感情、感覺、慾望等，相當於「～てしかたがない、～非常に」。中文意思是：「非常…、…得受不了」。

例文 a

低血圧で、朝起きるのが辛くてたまらない。

因為患有低血壓，所以早上起床時非常難受。

◆ 比較說明 ◆

「てやまない」表示強調感情，強調「發自內心的感情」的概念。接在感情動詞的連用形後面，表示發自內心的感情，且那種感情一直持續著。常見於小説或文章當中，會話中較少用。「てたまらない」表示感情，強調「程度嚴重，無法忍受」的概念。表示程度嚴重到使説話人無法忍受。是説話人強烈的感覺、感情及希求。一般前接感情、感覺、希求之類的詞。

てやまない【強調感情】　例文 A

てたまらない【感情】　例文 a

のいたり (だ)
(1) 都怪…、因為…；(2) 真是…到了極點、真是…、極其…、無比…

接續方法 {名詞} ＋の至り (だ)

意思1

【原因】 表示由於前項的某種原因，而造成後項的結果。中文意思是：「都怪…、因為…」。

例文A

あの頃は若気の至りで、いろいろな悪さをしたものだ。

都怪當時年輕氣盛，做了不少錯事。

意思2

【強調感情】 前接「光栄、感激」等特定的名詞，表示一種強烈的情感，達到最高的狀態，多用在講客套話的時候，通常用在好的一面。中文意思是：「真是…到了極點、真是…、極其…、無比…」。

例文B

本日は大勢の方にご来場いただきまして、感謝の至りです。

今日承蒙各方賢達蒞臨，十二萬分感激。

比較

● **のきわみ (だ)**
真是…極了、十分地…、極其…

接續方法 {名詞} ＋の極み (だ)

意思

【極限】 形容事物達到了極高的程度。強調這程度已經超越一般，到達頂點了。大多用來表達說話人激動時的那種心情。前面可接正面或負面、或是感情以外的詞。前接情緒的詞表示感情激動，接名詞則表示程度極致。「感激の極み（感激萬分）」、「痛恨の極み（極為遺憾）」是常用的形式。中文意思是：「真是…極了、十分地…、極其…」。

例文 b

連日（れんじつ）の残業（ざんぎょう）で、疲労（ひろう）の極（きわ）みに達（たっ）している。

連日來的加班已經疲憊不堪了。

◆ 比較說明 ◆

「のいたりだ」表示強調感情，強調「情感達到極高狀態」的概念。前接某一特定的名詞，表示一種強烈的感情，達到最高的狀態。多用在講客套話的時候。通常用在好的一面。「のきわみだ」表示極限，強調「事物達到極高程度」的概念。形容事物達到了極高的程度。強調這程度已經超越一般，到達頂點了。大多用來表達說話人激動時的那種心情。前面可接正面或負面、或是感情以外的詞。

のいたりだ【強調感情】

感謝の至りです

例文 B

のきわみだ【極限】

例文 b

🎧 Track 123

5 をきんじえない

不禁…、禁不住就…、忍不住…

接續方法 {名詞}＋を禁じえない

意思 1

【強調感情】 前接帶有情感意義的名詞，表示面對某種情景，心中自然而然產生的，難以抑制的心情。這感情是越抑制感情越不可收拾的。屬於書面用語，正、反面的情感都適用。口語中不用。中文意思是：「不禁…、禁不住就…、忍不住…」。

金儲けのために犬や猫の命を粗末にする業者には、怒りを禁じ得ない。

那些只顧賺錢而視貓狗性命如敝屣的業者，不禁激起人們的憤慨。

比較

● をよぎなくされる

只得…、只好…、沒辦法就只能…

接續方法 {名詞}＋を余儀なくされる

意 思

【強制】 表示因為大自然或環境等，個人能力所不能及的強大力量，不得已被迫做後項。帶有沒有選擇的餘地、無可奈何、不滿，含有以「被影響者」為出發點的語感。中文意思是：「只得…、只好…、沒辦法就只能…」。

例文 a

機体に異常が発生したため、緊急着陸を余儀なくされた。

因為飛機機身發生了異常，逼不得已只能緊急迫降了。

◆ 比較說明 ◆

「をきんじえない」表示強調感情，強調「產生某感情，無法抑制」的概念。前接帶有情感意義的名詞，表示面對某情景，心中自然而然產生、難以抑制的心情。這感情是越抑制感情越不可收拾的。「をよぎなくされる」表示強制，強調「不得已做出的行為」的概念。因為大自然或環境等，個人能力所不能及的強大力量，迫使其不得不採取某動作。而且此行動，往往不是自己願意的。表示情況已經到了沒有選擇的餘地，必須那麼做的地步。

をきんじえない【強調感情】

例文A

をよぎなくされる【強制】

例文a

6　てはかなわない、てはたまらない
…得受不了、…得要命、…得吃不消

接續方法 {形容詞て形；動詞て形}＋てはかなわない、てはたまら
ない

意思1

【強調心情】　表示負擔過重，無法應付。如果按照這樣的狀況下
去不堪忍耐、不能忍受。是一種動作主體主觀上無法忍受的表現方
法。用「かなわない」有讓人很苦惱的意思。常跟「こう、こんな
に」一起使用。口語用「ちゃかなわない、ちゃたまらない」。中
文意思是：「…得受不了、…得要命、…得吃不消」。

例文A

東京の夏もこう蒸し暑くてはたまらないな。

東京夏天這麼悶熱，實在讓人受不了。

比較

● て（で）たまらない
非常…、…得受不了

接續方法 {[形容詞・動詞]て形}＋てたまらない、{形容動詞詞幹}＋
でたまらない

意思

【感情】　指説話人處於難以抑制，不能忍受的狀態，前接表達感
覺、感情的詞，表示説話人強烈的感情、感覺、慾望等，相當於
「てしかたがない、非常に」。中文意思是：「非常…、…得受不了」。

最新のコンピューターが欲しくてたまらない。

想要新型的電腦，想要得不得了。

◆ 比較說明 ◆

「てはかなわない」表示強調心情，強調「負擔過重，無法應付」的概念。是一種動作主體主觀上無法忍受的表現方法。「てたまらない」也表強調心情，強調「程度嚴重，無法忍受」的概念。表示照此狀態下去不堪忍耐，不能忍受。

てはかなわない【強調心情】 例文 A

てたまらない【感情】 例文 a

🎧 Track 125

7 てはばからない
不怕…、毫無顧忌…

接續方法 {動詞て形}＋てはばからない

意思1

【強調心情】前常接跟說話相關的動詞，如「言う、断言する、公言する」て形。表示毫無顧忌地進行前項的意思。一般用來描述他人的言論。「憚らない」是「憚る」的否定形式，意思是「毫無顧忌、毫不忌憚」。中文意思是：「不怕…、毫無顧忌…」。

例文 A

彼は自分は天才だと言ってはばからない。

他毫不隱晦地直言自己是天才。

● てもかまわない

即使…也沒關係、…也行

接續方法 {[動詞・形容詞] て形}＋てもかまわない、{形容動詞詞幹；名詞}＋でもかまわない

意思

【許可】 表示讓步關係。雖然不是最好的，或不是最滿意的，但妥協一下，這樣也可以。中文意思是：「即使…也沒關係、…也行」。

例文 a

部屋さえよければ、多少高くてもかまいません。

只要（旅館）房間好，貴一點也沒關係。

◆ 比較說明 ◆

「てはばからない」表示強調心情，強調「毫無顧忌進行」的概念。表示毫無顧忌地進行前項的意思。「てもかまわない」表示許可，強調「這樣做也行」的概念。表示即使是這樣的情況也可以的意思。

♪ Track 126

8 といったらない、といったら

(1) …極了、…到不行；(2) 說起…

意思1

【強調心情】 {名詞；形容詞辭書形；形容動詞詞幹}＋（とい）ったらない。「といったらない」是先提出一個討論的對象，強調某事物的程度是極端到無法形容的，後接對此產生的感嘆、吃驚、失望等感情表現，正負評價都可使用。中文意思是：「…極了、…到不行」。

一瞬の隙を突かれて逆転負けした。この悔しさといったらない。

只是一個不留神竟被對手乘虛而入逆轉了賽局,而吃敗仗,令人懊悔到了極點。

意思 2

【強調主題】{名詞;形容詞辭書形;形容動詞詞幹}＋(とい)ったら。表示把提到的事物做為主題,後項是對這一主題的敘述。是說話人帶有感嘆、感動、驚訝、失望的表現方式。有強調主題的作用。中文意思是:「說起…」。

例文B

今年の暑さといったら半端ではなかった。

提起今年的酷熱勁兒,真夠誇張!

比較

● という

叫做…

接續方法 {名詞;普通形}＋という

意 思

【介紹名稱】前面接名詞,表示後項的人名、地名等名稱。中文意思是:「叫做…」。

例文b

娘は「臆病なライオン」という絵本がお気に入りです。

女兒喜歡一本叫「怯懦的獅子」的繪本。

◆ 比較說明 ◆

「といったらない」表示強調主題,表示把提到的事物做為主題進行敘述。有強調主題的作用。含有說話人驚訝、感動的心情。「という」表示介紹名稱,前後接名詞,介紹某人事物的名字。用在跟不熟悉的一方介紹時。

といったらない【強調主題】　例文B

という【介紹名稱】　例文b

9 といったらありはしない
…之極、極其…、沒有比…更…的了

接續方法 {名詞；形容詞辭書形；形容動詞詞幹} ＋（とい）ったらありはしない

意思1

【強調心情】強調某事物的程度是極端的，極端到無法形容、無法描寫。跟「といったらない」相比，「といったらない」、「ったらない」能用於正面或負面的評價，但「といったらありはしない」、「ったらありはしない」、「といったらありゃしない」、「ったらありゃしない」大多用於負面評價。中文意思是：「…之極、極其…、沒有比…更…的了」。

例文A

まだ目の開かない子猫の可愛らしさといったらありはしない。

還沒睜開眼睛的小貓咪可愛得不得了。

補充

〖口語－ったらない〗「ったらない」是比較通俗的口語說法。

例文

夜中の間違い電話は迷惑ったらない。

三更半夜打錯電話根本是擾人清夢！

比較

● ということだ

聽說…、據說…

接續方法 {簡體句}＋ということだ

意 思

【傳聞】 表示傳聞，直接引用的語感強。一定要加上「という」。
中文意思是：「聽説…、據説…」。

例文 a

田中さんによると、部長は来年帰国するということだ。

聽田中先生說部長明年會回國。

◆ 比較說明 ◆

「といったらありはしない」表示強調心情，強調「給予極端評價」
的概念。正面時表欽佩，負面時表埋怨的語意。書面用語。「とい
うことだ」表示傳聞，強調「從外界獲取傳聞」的概念。從某特定
的人或外界獲取的傳聞。比起「そうだ」來，有很強的直接引用某
特定人物的話之語感。又有明確地表示自己的意見、想法之意。

といったらありはしない【強調心情】
例文A

ということだ【傳聞】
例文a
来年帰国
田中

🎧 Track 128

10 たところが

…可是…、結果…

接續方法 {動詞た形}＋たところが

【期待－逆接】 表示逆接，後項往往是出乎意料、與期待相反的客觀事實。因為是用來敘述已發生的事實，所以後面要接動詞た形的表現，「然而卻…」的意思。中文意思是：「…可是…、結果…」。

例文 A

仕事を終えて急いで行ったところが、飲み会はもう終わっていた。

趕完工作後連忙過去會合，結果酒局已經散了。

補　充

〔順接〕 表示順接。

例　文

本社に問い合わせたところ（が）、すぐに代わりの品を送って来た。

洽詢總公司之後，很快就送來了替代品。

比較

● ところ（を）
　　正…之時、…之時、…之中

接續方法 {名詞の；動詞普通形}＋ところ（を）

意　思

【時點】 表示進行前項時，卻意外發生後項，影響前項狀況的進展，後面常接表示視覺、停止、救助等動詞。中文意思是：「正…之時、…之時、…之中」。

例文 a

ゲームしているところを、親父に見つかってしまった。

我正在玩電玩時，竟然被老爸發現了。

「たところが」表示期待，強調「一做了某事，就變成這樣的結果」的概念。表示順態或逆態接續。前項先舉出一個事物，後項往往是出乎意料的客觀事實。「ところを」表示時點，強調「正當A的時候，發生了B的狀況」的概念。後項的B所發生的事，是對前項A的狀況有直接的影響或作用的行為。後面的動詞，常接跟視覺或是發現有關的「見る、見つける」等，或是跟逮捕、攻擊、救助有關的「捕まる、襲う」等詞。這個句型要接「名詞の；動詞普通形」。

🎧 Track 129

11 たところで（～ない）
即使…也（不）…、雖然…但（不）、儘管…也（不）…

接續方法 {動詞た形} ＋たところで（～ない）

意思1

【期待】 接在動詞た形之後，表示就算做了前項，後項的結果也是與預期相反，是無益的、沒有作用的，或只能達到程度較低的結果，所以句尾也常跟「無駄、無理」等否定意味的詞相呼應。句首也常與「どんなに、何回、いくら、たとえ」相呼應表示強調。後項多為說話人主觀的判斷，不用表示意志或既成事實的句型。中文意思是：「即使…也（不…）、雖然…但（不）、儘管…也（不…）」。

例文A

どんなに後悔したところで、もう遅い。

任憑你再怎麼懊悔，都為時已晚了。

● がさいご、たらさいご

（一旦…）就必須…、（一…）就非得…

接續方法 {動詞た形}＋が最後、たら最後

意 思

【條件】 表示一旦做了某事，就一定會產生後面的情況，或是無論如何都必須採取後面的行動。後面接説話人的意志或必然發生的狀況，且後面多是消極的結果或行為。中文意思是：「（一旦…）就必須…、（一…）就非得…」。

例文 a

横領がばれたが最後、会社を首になった上に妻は出て行った。

盜用公款一事遭到了揭發之後，不但被公司革職，到最後甚至連妻子也離家出走了。

◆ 比較說明 ◆

「たところで～ない」表示期待，強調「即使進行前項，結果也是無用」的概念。表示即使前項成立，後項的結果也是與預期相反，無益的、沒有作用的，或只能達到程度較低的結果。後項多為説話人主觀的判斷。也接在動詞過去形之後，句尾接否定的「ない」。「がさいご」表示條件，強調「一旦發生前項，就完了」的概念。表示一旦做了某事，就一定會產生後面的情況，或是無論如何都必須採取後面的行動。後面接説話人的意志或必然發生的狀況。後面多是消極的結果或行為。

たところで～ない【期待】　例文A

がさいご【條件】　例文a

12 てもさしつかえない、でもさしつかえない
…也無妨、即使…也沒關係、…也可以、可以

接續方法 {形容詞て形；動詞て形}＋ても差し支えない、{名詞；形容動詞詞幹}＋でも差し支えない

意思1

【允許】 為讓步或允許的表現。表示前項也是可行的。含有「不在意、沒有不滿、沒有異議」的強烈語感。「差しえない」的意思是「沒有影響、不妨礙」。中文意思是：「…也無妨、即使…也沒關係、…也可以、可以」。

例文A

では、こちらにサインを頂いてもさしつかえないでしょうか。

那麼，可否麻煩您在這裡簽名呢？

比較

● てもかまわない
即使…也沒關係、…也行

接續方法 {[動詞・形容詞]て形}＋てもかまわない、{形容動詞詞幹；名詞}＋でもかまわない

意思

【讓步】 表示讓步關係。雖然不是最好的，或不是最滿意的，但妥協一下，這樣也可以。中文意思是：「即使…也沒關係、…也行」。

例文a

狭くてもかまわないから、安いアパートがいいです。

就算小一點也沒關係，我想找便宜的公寓。

◆ 比較說明 ◆

「てもさしつかえない」表示允許，表示在前項的情況下，也沒有影響。前面接「動詞て形」。「てもかまわない」表示讓步，表示雖然不是最好的，但這樣也已經可以了。前面也接「動詞て形」。

てもさしつかえない【允許】 例文A

てもかまわない【讓步】 例文a

MEMO

次の文の＿＿＿＿にはどんな言葉を入れたらよいか。1・2から最も適当なものをひとつ選びなさい。

實力測驗
Q 哪一個是正確的？

1 あきらめない（　　）、何が何でもあきらめません。
1. という　　　　2. といったら

譯
1. という：叫做…的
2. といったら：說到…就…

2 このような事態になったのは、すべて私どもの不徳の（　　）です。
1. 極み　　　　2. 至り

譯
1. の極み：真是…極了
2. の至り：真是…所致

3 うちの父は頑固（　　）。
1. といったらありはしない
2. ということだ

譯
1. といったらありはしない：…之極
2. ということだ：據說…

4 事件の早期解決を心から祈って（　　）。
1. たまない　　　2. やまない

譯
1. てたまない：沒有這樣的表達方式
2. てやまない：…不已

5 あまりに残酷な事件に、憤りを（　　）。
1. 余儀なくされる　2. 禁じえない

譯
1. を余儀なくされる：不得不…
2. を禁じえない：不禁…

6 今度こそ、本当のことを言わせ（　　）ぞ。
1. ないではおかない
2. ないにはいられない

譯
1. ないではおかない：不能不…
2. ないにはいられない：不得不…

7 謝って（　　）なら警察も裁判所もいらない。
1. はいけない　　2. 済む

譯
1. てはいけない：不准…
2. て済む：…就行了

8 人様に迷惑をかけて（　　）。
1. はばからない　2. かまわない

譯
1. てはばからない：不怕…
2. てかまわない：…也行

答案：(1) 2 (2) 2 (3) 1
(4) 2 (5) 2 (6) 1
(7) 2 (8) 1

主張、建議、不必要、排除、除外

1 じゃあるまいし、ではあるまいし
2 ばそれまでだ、たらそれまでだ
3 までだ、までのことだ
4 でなくてなんだろう
5 てしかるべきだ
6 てすむ、ないですむ、ずにすむ
7 にはおよばない
8 はいうにおよばず、はいうまでもなく
9 まで(のこと)もない
10 ならいざしらず、はいざしらず、だったらいざしらず
11 はさておいて、はさておき

🎧 Track 131

1 じゃあるまいし、ではあるまいし
又不是…

接續方法 {名詞；[動詞辭書形・動詞た形]わけ} ＋じゃあるまいし、ではあるまいし

意思1

【主張】 表示由於並非前項，所以理所當然為後項。前項常是極端的例子，用以說明後項的主張、判斷、忠告。多用在打消對方的不安，跟對方說你想太多了，你的想法太奇怪了等情況。帶有斥責、諷刺的語感。中文意思是：「又不是…」。

例文A

小さい子供じゃあるまいし、そんなことで泣くなよ。

又不是小孩子了，別為了那點小事就嚎啕大哭嘛！

補充

〖口語表現〗 說法雖然古老，但卻是口語的表現方式，不用在正式的文章上。

比較

● のではあるまいか
該不會…吧

接續方法 {[形容詞・動詞]普通形} ＋のではあるまいか

意思

【主張】 用「まいか」表示說話人的推測疑問。中文意思是：「該不會…吧」。

妻は私と別れたいのではあるまいか。

妻子該不會想和我離婚吧？

◆ 比較說明 ◆

「じゃあるまいし」表示主張，表示讓步原因。強調「因為又不是前項的情況，後項當然就…」的概念。後面多接說話人的判斷、意見、命令跟勸告等。「のではあるまいか」也表主張，表示說話人對某事是否會發生的一種的推測、想像。

じゃあるまいし【主張】
例文 A

のではあるまいか【主張】
例文 a

🎧 Track 132

2 ばそれまでだ、たらそれまでだ
…就完了、…就到此結束

接續方法 {動詞假定形} ＋ばそれまでだ、たらそれまでだ

意思1

【主張】 表示一旦發生前項情況，那麼一切都只好到此結束，以往的努力或結果都是徒勞無功之意。中文意思是：「…就完了、…就到此結束」。

例文 A

生きていればこそいいこともある。死んでしまったらそれまでです。

只有活著才有機會遇到好事，要是死了就什麼都沒了。

〔**強調**〕 前面多採用「も、ても」的形式，強調就算是如此，也無法彌補、徒勞無功的語意。

例文

どんな高い車も事故を起こせばそれまでだ。

無論是多麼昂貴的名車，一旦發生車禍照樣淪為一堆廢鐵。

比較

● でしかない

只能是…、不過是…

接續方法 {名詞}＋でしかない

意思

【**主張**】 表示説話人對前項，給予唯一且不高的評價或結論。中文意思是：「只能是…、不過是…」。

例文 a

それは逃げる口実でしかない。

那只不過是逃避的藉口而已。

◆ 比較說明 ◆

「ばそれまでだ」表示主張，強調「事情到此就結束了」的概念。表示一旦發生前項情況，那麼一切都只好到此結束，一切都是徒勞無功之意。前面多採用「も、ても」的形式。「でしかない」也表主張，強調「這是唯一的評價」的概念。表示前接的這個詞，是唯一的評價或評論。

ばそれまでだ【主張】

例文 A

でしかない【主張】

例文 a

口実でしょ？

3 までだ、までのことだ

(1) 純粹是…；(2) 大不了…而已、只不過…而已、只是…、只好…、也就是…

接續方法 {動詞辭書形；動詞た形；それ；これ} ＋までだ、までの
ことだ

意思1

【理由】接動詞た形時，強調理由、原因只有這個。表示理由限定
的範圍。表示説話者單純的行為。含有「説話人所做的事，只是前
項那點理由，沒有特別用意」。中文意思是：「純粹是…」。

例文A

悪口（わるぐち）じゃないよ。本当（ほんとう）のことを言（い）ったまでだ。

這不是誹謗喔，而純粹是原原本本照實說出來罷了。

意思2

【主張】接動詞辭書形時，表示現在的方法即使不行，也不沮喪，
再採取別的方法。有時含有只有這樣做了，這是最後的手段的意
思。表示講話人的決心、心理準備等。中文意思是：「大不了…而
已、只不過…而已、只是…、只好…、也就是…」。

例文B

この結婚（けっこん）にどうしても反対（はんたい）だというなら、親子（おやこ）の縁（えん）を
切（き）るまでだ。

如果爸爸無論如何都反對我結婚，那就只好脫離父子關係吧！

比較

● ことだ

就得…、應當…、最好…

接續方法 {動詞辭書形；動詞否定形} ＋ことだ

意思

【忠告】説話人忠告對方，某行為是正確的或應當的，或某情況下
將更加理想，口語中多用在上司、長輩對部屬、晚輩，相當於「〜し
たほうがよい」。中文意思是：「就得…、應當…、最好…」。

例文 b

痩せたいのなら、間食、夜食をやめることだ。

如果想要瘦下來，就不能吃零食和消夜。

◆ 比較說明 ◆

「までだ」表示主張，強調「大不了就做後項」的概念。表示現在的方法即使不行，也不沮喪，再採取別的方法。有時含有只有這樣做了，這是最後的手段的意思。表示講話人的決心、心理準備等。「ことだ」表示忠告，強調「某行為是正確的」之概念。表示一種間接的忠告或命令。說話人忠告對方，某行為是正確的或應當的，或某情況下將更加理想。口語中多用在上司、長輩對部屬、晚輩。

🎧 Track 134

4 でなくてなんだろう
難道不是…嗎、不是…又是什麼呢、這個就可以叫做…

接續方法 {名詞}＋でなくてなんだろう

意思 1

【強調主張】 用一個抽象名詞，帶著感嘆、發怒、感動的感情色彩述說「這個就可以叫做…」的表達方式。這個句型是用反問「這不是…是什麼」的方式，來強調出「這正是所謂的…」的語感。常見於小說、隨筆之類的文章中。含有說話人主觀的感受。中文意思是：「難道不是…嗎、不是…又是什麼呢、這個就可以叫做…」。

70億人の中から彼女と僕は結ばれたのだ。これが奇跡でなくてなんだろう。

在七十億茫茫人海之中，她與我結為連理了。這難道不是奇蹟嗎？

比較

● にすぎない

只是…、只不過…、不過是…而已、僅僅是…

接續方法 {名詞；形容動詞詞幹である；[形容詞・動詞] 普通形} ＋
にすぎない

意 思

【主張】表示某微不足道的事態，指程度有限，有著並不重要的消極評價語氣。中文意思是：「只是…、只不過…、不過是…而已、僅僅是…」。

例文a

彼はとかげのしっぽにすぎない。陰に黒幕がいる。

他只不過是代罪羔羊，背地裡另有幕後操縦者。

◆ 比較說明 ◆

「でなくてなんだろう」表示強調主張，強調「強烈的主張這才是某事」的概念。用一個抽象名詞，帶著感情色彩述強調的表達方式。常見於小說、隨筆之類的文章中。含有主觀的感受。「にすぎない」表示主張，強調「程度有限」的概念。表示有這並不重要的消極評價語氣。

5 てしかるべきだ
應當…、理應…

接續方法 {[形容詞・動詞] て形} ＋てしかるべきだ、{形容動詞詞幹} ＋でしかるべきだ

意思 1

【建議】 表示雖然目前的狀態不是這樣，但那樣做是恰當的、應當的。也就是用適當的方法來解決事情。一般用來表示說話人針對現況而提出的建議、主張。中文意思是：「應當…、理應…」。

例文 A

県民の多くは施設建設に反対の立場だ。政策には民意が反映されてしかるべきではないか。

多數縣民對於建造公有設施持反對立場。政策不是應該要忠實反映民意才對嗎？

比較

● てやまない
…不已、一直…

接續方法 {動詞て形} ＋てやまない

意思

【強調感情】 接在感情動詞後面，表示發自內心的感情，且那種感情一直持續著。這個句型由古漢語「…不已」的訓讀發展而來。常見於小說或文章當中，會話中較少用。中文意思是：「…不已、一直…」。

例文 a

さっきの電話から、いやな予感がしてやまない。

接到剛才的電話以後，就一直有不好的預感。

◆ 比較說明 ◆

「てしかるべきだ」表示建議，強調「做某事是理所當然」的概念。表示那樣做是恰當的、應當的。也就是用適當的方法來解決事情。「てやまない」表示強調感情，強調「發自內心的感情」的概念。接在感情動詞後面，表示發自內心的感情，且那種感情一直持續著。

てしかるべきだ【建議】

例文A

てやまない【強調威情】

例文a

🎧 Track 136

6 てすむ、ないですむ、ずにすむ

(1) 不…也行、用不著… ; (2) …就行了、…就可以解決

意思1

【了結】{名詞で；形容詞て形；動詞て形}＋てすむ。表示以某種方式，某種程度就可以，不需要很麻煩，就可以解決問題了。中文意思是：「不…也行、用不著…」。

例文A

もっと高いかと思ったけど、5000円ですんでよかった。

原以為要花更多錢，沒想到區區五千圓就可以解決，真是太好了！

意思2

【不必要】{動詞否定形}＋ないですむ、{動詞否定形（去ない）}＋ずにすむ。表示不這樣做，也可以解決問題，或避免了原本預測會發生的不好的事情。中文意思是：「…就行了、…就可以解決」。

例文B

ネットで買えば、わざわざお店に行かないですみますよ。

只要在網路下單，就不必特地跑去實體店面購買囉！

239

● てはいけない

不准…、不許…、不要…

接續方法 {動詞て形}＋てはいけない

意思

【禁止】 表示禁止，基於某種理由、規則，直接跟聽話人表示不能做前項事情，由於説法直接，所以一般限於用在上司對部下、長輩對晚輩。中文意思是：「不准…、不許…、不要…」。

例文 b

人の失敗を笑ってはいけない。
<small>ひと　しっぱい　わら</small>

不可以嘲笑別人的失敗。

◆ 比較說明 ◆

「てすむ」表示不必要，強調「以某程度，就能解決」的概念。表示以某種方式這樣做，就能解決問題。「てはいけない」表示禁止，強調「上對下強硬的禁止」之概念。表示根據規則或一般的道德，不能做前項。常用在交通標誌、禁止標誌或衣服上洗滌表示等。是間接的表現。也表示根據某種理由、規則，直接跟聽話人表示不能做前項事情。

てすむ【不必要】	てはいけない【禁止】
例文 B	例文 b

🎧 **Track 137**

---

7 にはおよばない

(1) 不及…；(2) 不必…、用不著…、不值得…

接續方法 {名詞；動詞辭書形}＋には及ばない

意思1

【不及】 還有用不著做某動作，或是能力、地位不及水準的意思。常跟「からといって (雖然…但…)」一起使用。中文意思是:「不及…」。

例文A

私は料理が得意だが、やはりプロの味には及ばない。

我雖然擅長下廚，畢竟比不上專家的手藝。

意思2

【不必要】 表示沒有必要做某事，那樣做不恰當、不得要領，經常接表示心理活動或感情之類的動詞之後，如「驚く(驚訝)、責める(責備)」。中文意思是:「不必…、用不著…、不值得…」。

例文B

電話で済むことですから、わざわざおいでいただくには及びません。

以電話即可處理完畢，無須勞您大駕撥冗前來。

比較

● まで (のこと) もない

用不著…、不必…、不必說…

接續方法 {動詞辭書形} ＋まで (のこと) もない

意 思

【不必要】 前接動作，表示沒必要做到前項那種程度。含有事情已經很清楚了，再說或做也沒有意義，前面常和表示說話的「言う、話す、説明する、教える」等詞共用。中文意思是:「用不著…、不必…、不必說…」。

例文b

改めてご紹介するまでもありませんが、物理学者の湯川振一郎先生です。

這一位是物理學家湯川振一郎教授，我想應該不需要鄭重介紹了。

「にはおよばない」表示不必要，強調「未達採取某行為的程度」的概念。前接表示心理活動的詞，表示沒有必要做某事，那樣做不恰當、不得要領。也表示能力、地位不及水準。「までのこともない」也表不必要，強調「事情還沒到某種程度」的概念。前接動作，表示事情尚未到某種程度，沒必要做到前項那種程度。含有事情已經很清楚了，再說或做也沒有意義。

にはおよばない【不必要】	までのこともない【不必要】
例文B	例文b

🎧 Track 138

8 はいうにおよばず、はいうまでもなく

不用說…（連）也、不必說…就連…

接續方法 {名詞}＋は言うに及ばず、は言うまでもなく
{[名詞・形容動詞詞幹]な；[形容詞・動詞]普通形}＋
は言うに及ばず、のは言うまでもなく

意思1

【不必要】 表示前項很明顯沒有說明的必要，後項強調較極端的事例當然就也不例外。是一種遞進、累加的表現，正、反面評價皆可使用。常和「も、さえも、まで」等相呼應。古語是「は言わずもがな」。中文意思是：「不用說…（連）也、不必說…就連…」。

例文A

過労死は、会社の責任が大きいのは言うに及ばず、日本社会全体の問題でもある。

過勞死的絕大部分責任當然要由公司承擔，同時這也是日本整體社會必須面對的問題。

● のみならず

不僅…，也…、不僅…，而且…、非但…，尚且…

接續方法 {名詞；形容動詞詞幹である；[形容詞・動詞] 普通形} ＋
のみならず

意思

【附加】表示添加，用在不僅限於前接詞的範圍，還有後項進一層
的情況。中文意思是：「不僅…，也…、不僅…，而且…、非但…，
尚且…」。

例文 a

この薬<ruby>薬<rt>くすり</rt></ruby>は、風邪<ruby>風邪<rt>かぜ</rt></ruby>のみならず、肩<ruby>肩<rt>かた</rt></ruby>こりにも効果<ruby>効果<rt>こうか</rt></ruby>がある。

這個藥不僅對感冒有效，對肩膀痠痛也很有效。

◆ 比較說明 ◆

「はいうにおよばず」表示不必要，強調「先舉程度輕，再舉較極
端」的概念。表示先舉出程度輕的，再強調後項較極端的事例也不
例外。後面常和「も」相呼應。「のみならず」表示附加，強調「先
舉範圍小，再舉範圍更廣」的概念。用在不僅限於前接詞的範圍，
還有後項進一層的情況。後面常和「も、さえ、まで」等相呼應。

はいうにおよばず【不必要】
例文 A

のみならず【附加】
例文 a

風邪○
肩こり○

🎧 Track 139

---

9 まで（のこと）もない

用不著…、不必…、不必說…

接續方法 {動詞辭書形} ＋まで（のこと）もない

【不必要】 前接動作，表示沒必要做到前項那種程度。含有事情已經很清楚了，再説或做也沒有意義，前面常和表示説話的「言う、話す、説明する、教える」等詞共用。中文意思是：「用不著…、不必…、不必説…」。

意思1

例文A

むすこ
息子はがっかりした様子で帰って来た。面接に失敗し
よう す　　　　かえ　　 き　　　　　　　　　　　 めんせつ　しっぱい
たことは聞くまでもなかった。
き

兒子一臉沮喪地回來了。不必問也知道他沒能通過口試。

比較

● ものではない
不應該…

接續方法 {動詞辭書形}＋ものではない

意　思

【勸告】 表示出於道德等對人的行為提出忠告，語含那樣做是違反道德的。中文意思是：「不應該…」。

例文a

そんな言葉を使うものではない。
ことば　つか

不准説那種話！

◆ 比較說明 ◆

「までのこともない」表示不必要，強調「事情還沒到某種程度」的概念。表示沒必要做到前項那種程度。含有事情已經很清楚了，再説或做也沒有意義。語含個人主觀、或是眾所周知的語氣。「ものではない」表示勸告，強調「勸告別人那樣做是違反道德」的概念。表示説話人出於道德或常識，給對方勸阻、禁止的時候。語含説話人個人的看法。

までのこともない【不必要】 例文A

ものではない【勧告】 例文a

10 ならいざしらず、はいざしらず、だったらいざしらず

（關於）我不得而知…、姑且不論…、（關於）…還情有可原

接續方法 {名詞}＋ならいざ知らず、はいざ知らず、だったらいざ
知らず

{[名詞・形容詞・形容動詞・動詞] 普通形（の）}＋なら
いざ知らず

意思1

【排除】舉出對比性的事例，表示排除前項的可能性，而著重談後
項中的實際問題。後項所提的情況要比前項嚴重或具特殊性。後項
的句子多帶有驚訝或情況非常嚴重的內容。「昔はいざしらず」是
「今非昔比」的意思。中文意思是：「（關於）我不得而知…、姑且不
論…、（關於）…還情有可原」。

例文A

彼（かれ）が法律（ほうりつ）でも犯（おか）したのだったらいざ知（し）らず、仕事（しごと）が遅（おそ）
いくらいでクビにはできない。

要是他觸犯了法律，這麼做或許還情有可原；但他不過是上班遲到罷
了，不能以這個理由革職。

比較

● ようが

不管…

接續方法 {動詞意向形}＋ようが

【逆接條件】 表示不管前項如何，後項都是成立的。後項大多使用意志或決心的表現方式。中文意思是：「不管⋯」。

例文 a

人に何と言われようが、「それは失敗ではなく経験だ」と思っています。

不管別人怎麼說，我都認為「那不是失敗而是經驗」。

◆ 比較說明 ◆

「ならいざしらず」表示排除，表示前項的話還情有可原，姑且不論，但卻有後項的實際問題，著重談後項。後項帶有驚訝的內容。前面接名詞。「ようが」表示逆接條件，表示不管前項如何，後項都是成立的。後項多使用意志、決心或跟評價有關的動詞「自由だ（自由的）、勝手だ（任意的）」。

🎧 Track 141

11 はさておいて、はさておき
暫且不說⋯、姑且不提⋯

接續方法 {名詞}＋はさておいて、はさておき

意思 1

【除外】 表示現在先不考慮前項，排除前項，而優先談論後項。中文意思是：「暫且不說⋯、姑且不提⋯」。

例文A

仕事の話はさておいて、まずは乾杯しましょう。

工作的事暫且放在一旁，首先舉杯互敬吧！

比較

● にもまして

更加地…、加倍的…、比…更…、比…勝過…

接續方法 {名詞}＋にもまして

意思

【強調程度】表示兩個事物相比較。比起前項，後項更為嚴重，更勝一籌，前面常接時間、時間副詞或是「それ」等詞，後接比前項程度更高的內容。中文意思是：「更加地…、加倍的…、比…更…、比…勝過…」。

例文a

開発部門には、従来にもまして優秀な人材を投入していく所存です。

開發部門打算招攬比以往更優秀的人才。

◆ 比較說明 ◆

「はさておいて」表示除外，強調「擱置前項，先討論後項」的概念。表示現在先把前項放在一邊，而第一考慮做後項的動作。含有說話者認為後者比較優先的語意。「にもまして」表示強調程度，強調「比起前項，後項程度更深」的概念。表示兩個事物相比較。比起前項，後項程度更深一層、更勝一籌。

13

実力テスト

做對了，往😊走，做錯了往✕走。

次の文の_____にはどんな言葉を入れたらよいか。1・2から最も適当なものをひとつ選びなさい。

實力測驗
Q 哪一個是正確的？

1 真偽のほど（　　）、これが報道されている内容です。
1. にもまして　　2. はさておき

✕
譯
1. にもまして：比…更…
2. はさておき：姑且不提…

2 神じゃ（　　）、完ぺきな人なんていませんよ。
1. あるまいか　　2. あるまいし

✕
譯
1. じゃあるまいか：是不是…了
2. じゃあるまいし：又不是…

3 子供（　　）、大の大人までが夢中になるなんてね。
1. ならいざ知らず　　2. ならでは

✕
譯
1. ならいざ知らず：姑且不論…
2. ならでは：正因為…才…

4 有名なレストラン（　　）、地元の人しか知らない穴場もご紹介します。
1. のみならず　　2. は言うに及ばず

✕
譯
1. のみならず：不僅…也…
2. は言うに及ばず：不用說…（連）也…

5 研究成果はもっと評価されて（　　）。
1. やまない　　2. しかるべきだ

✕
譯
1. てやまない：…不已
2. てしかるべきだ：應當…

6 泥酔して会見に臨むなんて、失態（　　）。
1. に過ぎない
2. でなくてなんだろう

✕
譯
1. に過ぎない：不過是…而已
2. でなくてなんだろう：難道不是…嗎

7 せっかくの提案も、企画書がよくなければ、（　　）です。
1. それまで　　2. だけ

✕
譯
1. ばそれまでだ：…就完了
2. だけだ：只能…

8 失敗したとしても、もう一度一からやり直す（　　）のことだ。
1. まで　　2. こと

✕
譯
1. までのことだ：大不了…而已
2. ことだ：就得…

答案：(1) 2 (2) 2 (3) 1
(4) 2 (5) 2 (6) 2
(7) 1 (8) 1

バンザーイ!!

🎧 **Track 142**

1 べからず、べからざる
不得…（的）、禁止…（的）、勿…（的）、莫…（的）

接續方法 {動詞辭書形}＋べからず、べからざる

意思1

【禁止】「べし」否定形。表示禁止、命令。是較強硬的禁止說法，文言文式說法，故常有前接古文動詞的情形，多半出現在告示牌、公佈欄、演講標題上。現在很少見。禁止的內容就社會認知來看不被允許。口語說「てはいけない」。「べからず」只放在句尾，或放在括號（「」）內，做為標語或轉述內容。中文意思是：「不得…（的）、禁止…（的）、勿…（的）、莫…（的）」。

例文A

仕事に慣れてきたのはいいけど、この頃遅刻が多いな。「初心忘るべからず」だよ。

工作已經上手了當然是好事，不過最近遲到有點頻繁。「莫忘初心」這句話要時刻謹記喔！

補充1

〖べからざるN〗「べからざる」後面則接名詞，這個名詞是指不允許做前面行為、事態的對象。

例文

森鴎外は日本の近代文学史において欠くべからざる作家です。

森鷗外是日本近代文學史上不可或缺的一位作家。

〖**諺語**〗 用於諺語。

例 文

わが家は「働かざる者食うべからず」で、子供たちにも家事を分担させています。

我家秉持「不勞動者不得食」的家規，孩子們也必須分攤家務。

補充 3

〖**前接古語動詞**〗 由於「べからず」與「べく」、「べし」一樣為古語表現，因此前面常接古語的動詞。如「忘る」等，便和現代日語中的有些不同。前面若接サ行變格動詞，可用「すべからず／べからざる」、「するべからず／べからざる」，但較常使用「すべからず／べからざる」（「す」為古日語「する」的辭書形）。

比較

● **べき（だ）**

必須…、應當…

接續方法 {動詞辭書形}＋べき（だ）

意 思

【**勸告**】 表示那樣做是應該的、正確的。常用在勸告、禁止及命令的場合。是一種比較客觀或原則的判斷，書面跟口語雙方都可以用，相當於「〜するのが当然だ」。中文意思是：「必須…、應當…」。

例文 a

どちらか一方だけでなく、他方の言い分も聞くべきだ。

不是光只聽任一單方，也必須聽聽另一方的說詞啊！

◆ 比較說明 ◆

「べからず」表示禁止，強調「強硬禁止」的概念。是一種強硬的禁止說法，文言文式的說法，多半出現在告示牌、公佈欄、演講標題上。只放在句尾。現在很少見。口語說「てはいけない」。「べきだ」表示勸告，強調「那樣做是應該的」之概念。表示那樣做是應該的、正確的。常用在勸告、禁止及命令的場合。是一種客觀或原則的判斷。書面跟口語雙方都可以用。

2 をよぎなくされる、をよぎなくさせる

(1) 被迫、只得…、只好…、沒辦法就只能…；(2) 迫使…

意思1

【強制】{名詞}＋を余儀なくされる。「される」因為大自然或環境等，個人能力所不能及的強大力量，不得已被迫做後項。帶有沒有選擇的餘地、無可奈何、不滿，含有以「被影響者」為出發點的語感。中文意思是：「被迫、只得…、只好…、沒辦法就只能…」。

例文A

さくねんかいてん　　しんじゅくてん　　あか じ つづ　　　　　　　ねん　へいてん　　よ ぎ
昨年開店した新宿店は赤字続きで、1年で閉店を余儀なくされた。

去年開幕的新宿店赤字連連，只開了一年就不得不結束營業了。

意思2

【強制】{名詞}＋を余儀なくさせる、を余儀なくさせられる。「させる」使役形是強制進行的語意，表示後項發生的事，是叫人不滿的事態。表示前項不好的情況突然發生，迫使後項必須那麼做的地步，含有以「影響者」為出發點的語感。書面用語。中文意思是：「迫使…」。

慢性的な人手不足が、更なる労働環境の悪化を余儀なくさせた。

長期存在的人力不足問題，迫使勞動環境愈發惡化了。

比較

● (さ) せる

讓…、叫…、令…

接續方法 {[一段動詞・カ變動詞] 使役形；サ變動詞詞幹} ＋させる、
{五段動詞使役形} ＋せる

意 思

【強制】 表示某人強迫他人做某事，由於具有強迫性，只適用於長輩對晚輩或同輩之間。中文意思是：「讓…、叫…、令…」。

例文 b

最近は私立中学に進学させる親が増えているらしい。

聽說最近讓小孩讀私立中學的父母有增加的趨勢。

◆ 比較說明 ◆

「をよぎなくさせる」表示強制，主詞是「造成影響的原因」時用。以造成影響力的原因為出發點的語感，所以會有強制對方進行的語意。「させる」也表強制，Ａ是「意志表示者」。表示Ａ給Ｂ下達命令或指示，結果Ｂ做了某事。由於具有強迫性，只適用於長輩對晚輩或同輩之間。

をよぎなくされる【強制】

例文 B

させる【強制】

例文 b

入学式

3 ないではすまない、ずにはすまない、なしではすまない
不能不…、非…不可、應該…

意思 1

【強制】{動詞否定形}＋ないでは済まない；{動詞否定形（去ない）}＋ずには済まない（前接サ行變格動詞時，用「せずには済まない」）。表示前項動詞否定的事態、説辭，考慮到當時的情況、社會的規則等，是不被原諒的、無法解決問題的或是難以接受的。中文意思是：「不能不…、非…不可、應該…」。

例文 A

ちい こ かあ しか す
小さい子をいじめて、お母さんに叱られないでは済ま
ないよ。

在外面欺負幼小孩童，回到家肯定會挨媽媽一頓好罵！

意思 2

【強制】{名詞}＋なしでは済まない、{名詞；形容動詞詞幹；[形容詞・動詞] 普通形}＋では済まない。表示前項事態、説辭，是不被原諒的或無法解決問題的，指對方的發言結論是説話人沒辦法接納的，前接引用句時，引用括號（「 」）可有可無。中文意思是：「不能不…、非…不可、應該…」。

例文 B

せきにんしゃ しゃざい す
こちらのミスだ。責任者の謝罪なしでは済まないだ
ろう。

這是我方的過失，當然必須要由承辦人親自謝罪才行。

補 充

〔ではすまされない〕和可能助動詞否定形連用時，有強化責備語氣的意味。

例 文

いま す
今さらできないでは済まされないでしょう。

事到如今才說辦不到，該怎麼向人交代呢？

● ないじゃおかない

非…不可

接續方法 {動詞否定形（去ない）}＋ないじゃおかない

意　思

【強制】 表示如果保持前項原來的狀態，某事情都不做的話，那是不允許的。中文意思是：「非…不可」。

例文 b

週末のデート、どうだった？白状<ruby>週末<rt>しゅうまつ</rt></ruby>のデート、どうだった？<ruby>白状<rt>はくじょう</rt></ruby>させないじゃおかないよ。

上週末的約會如何？我可不許你不從實招來喔！

◆ 比較說明 ◆

「ないではすまない」表示強制，強調「某狀態下必須這樣做」的概念。表示考慮到當時的情況、社會的規則等等，強調「不這麼做，是解決不了問題」的語感。另外，也用在自己覺得必須那樣做的時候。跟主動、積極的「ないではおかない」相比，這個句型屬於被動、消極的辦法。「ないじゃおかない」也表強制，表示「不做到某事絕不罷休」的概念。是書面語。

ないではすまない【強制】

謝罪なしでは済まない

例文 B

ないじゃおかない【強制】

デート、どうだった？

例文 b

4 （ば／ても）〜ものを

(1) 可是…、卻…、然而卻…；(2) …的話就好了，可是卻…

接續方法 {名詞である；形容動詞詞幹な；[形容詞・動詞] 普通形}＋ものを

意思1

【讓步】逆接表現。表示說話者以悔恨、不滿、責備的心情，來說明前項的事態沒有按照期待的方向發展。跟「のに」的用法相似，但說法比較古老。常用「ば（いい、よかった）ものを、ても（いい、よかった）ものを」的表現。中文意思是：「可是…、卻…、然而卻…」。

例文A

<ruby>感謝<rt>かんしゃ</rt></ruby>してもいいものを、<ruby>更<rt>さら</rt></ruby>にお<ruby>金<rt>かね</rt></ruby>をよこせとは、<ruby>厚<rt>あつ</rt></ruby>かましいにもほどがある。

按理說感謝都來不及了，竟然還敢要我付錢，這人的臉皮實在太厚了！

意思2

【指責】「ものを」也可放句尾（終助詞用法），表示因為沒有做前項，所以產生了不好的結果，為此心裡感到不服氣、感嘆的意思。中文意思是：「…的話就好了，可是卻…」。

例文B

<ruby>締<rt>し</rt></ruby>め<ruby>切<rt>き</rt></ruby>りに<ruby>追<rt>お</rt></ruby>われたくないなら、もっと<ruby>早<rt>はや</rt></ruby>く<ruby>作業<rt>さ ぎょう</rt></ruby>をしていればよかったものを。

如果不想被截止日期逼著痛苦趕工，那就提早作業就好了呀！

比較

● ところに

…的時候、正在…時

接續方法 {名詞の；形容詞辭書形；動詞て形＋いる；動詞た形}＋ところに

【時點】表示行為主體正在做某事的時候，發生了其他的事情。大多用在妨礙行為主體的進展的情況，有時也用在情況往好的方向變化的時候。相當於「ちょうど〜しているときに」。中文意思是：「…的時候、正在…時」。

例文b

家の電話で話し中のところに、携帯電話もかかってきた。

就在以家用電話通話時，手機也響了。

◆ 比較說明 ◆

「ものを」表示指責，強調「因沒做前項，而產生不良結果」的概念。說話人為此心裡感到不服氣、感嘆的意思。作為終助詞使用。「ところに」表示時點，強調「正在做某事時，發生了另一件事」的概念。表示正在做前項時，發生了後項另一件事情，而這一件事改變了當前的情況。

ものを【指責】

例文B

ところに【時點】

例文b

🎧 **Track 146**

5 といえども
即使…也…、雖說…可是…

接續方法 {名詞；[名詞・形容詞・形容動詞・動詞] 普通形；形容動詞詞幹}＋といえども

【讓步】 表示逆接轉折。先承認前項是事實，再敘述後項事態。也就是一般對於前項這人事物的評價應該是這樣，但後項其實並不然的意思。前面常和「たとえ、いくら、いかに」等相呼應。有時候後項與前項內容相反。一般用在正式的場合。另外，也含有「～ても、例外なく全て～」的強烈語感。中文意思是:「即使…也…、雖説…可是…」。

例文 A

いくら成功が確実だといえども、万一失敗した際の対策は立てておくべきだ。

即使勝券在握，還是應當預備萬一失敗時應對的策略。

比較

● としたら

如果…、如果…的話、假如…的話

接續方法 {名詞だ；形容動詞詞幹だ；[形容詞・動詞] 普通形} ＋としたら

意思

【假定條件】 在認清現況或得來的信息的前提條件下，據此條件進行判斷，相當於「と仮定したら」。中文意思是:「如果…、如果…的話、假如…的話」。

例文 a

毎月 100 万円をもらえるとしたら、何に使いますか。

如果每月都能拿到 100 萬日圓，你會用來做什麼？

◆ 比較說明 ◆

「といえども」表示讓步，表示逆接轉折。強調「即使是前項，也有後項相反的事」的概念。先舉出有資格、有能力的人事物，但後項並不因此而成立。「としたら」表示假定條件，表示順接的假定條件。在認清現況或得來的信息的前提條件下，據此條件進行判斷。後項是説話人判斷的表達方式。

といえども【譲步】 例文A

としたら【假定條件】 例文a

毎月 100万円?

6 ところ（を）

(1) 正…之時、…之時、…之中；(2) 雖說是…這種情況，卻還做了…

意思1

【時點】｛動詞普通形｝＋ところを。表示進行前項時，卻意外發生後項，影響前項狀況的進展，後面常接表示視覺、停止、救助等動詞。中文意思是：「正…之時、…之時、…之中」。

例文A

寝ているところを起こされて、弟は機嫌が悪い。

弟弟睡得正香卻被喚醒，臭著臉生起床氣。

意思2

【讓步】｛名詞の；形容詞辭書形；動詞ます形＋中の｝＋ところ（を）。表示逆接表現。雖然在前項的情況下，卻還是做了後項。這是日本人站在對方立場，表達給對方添麻煩的辦法，為寒暄時的慣用表現，多用在開場白，後項多為感謝、請求、道歉等內容。中文意思是：「雖說是…這種情況，卻還做了…」。

例文B

お話し中のところ、失礼致します。部長、佐々木様からお電話です。

對不起，打斷您的談話。經理，佐佐木先生來電找您。

● (〜ば／ても) 〜ものを

可是…、卻…、然而卻…

接續方法 {名詞である；形容動詞詞幹な；[形容詞・動詞] 普通形} ＋
ものを

意　思

【讓步】 逆接表現。表示説話者以悔恨、不滿、責備的心情，來説明前項的事態沒有按照期待的方向發展。跟「のに」的用法相似，但説法比較古老。常用「ば (いい、よかった) ものを、ても (いい、よかった) ものを」的表現。中文意思是：「可是…、卻…、然而卻…」。

例文 b

ひとことあやま
一言 謝 ればいいものを、いつまでも意地 を張 っている。
いじ　は

說一聲抱歉就沒事了，你卻只是在那裡鬧彆扭。

◆ 比較說明 ◆

「ところを」表示讓步，強調「事態出現了中斷的行為」的概念。表示前項狀態正在進行時，卻出現了後項，使前項中斷的行為。後項多為感謝、請求、道歉等內容。「ものを」也表讓步，表示逆接條件。強調「事態沒向預期方向發展」的概念。説明前項的事態沒有按照期待的方向發展，才會有那樣不如人意的結果。常跟「ば」、「ても」等一起使用。

7 とはいえ
雖然…但是…

接續方法 {名詞 (だ)；形容動詞詞幹 (だ)；[形容詞・動詞] 普通形}＋
とはいえ

意思 1

【讓步】 表示逆接轉折。前後句是針對同一主詞所做的敘述，表示
先肯定那事雖然是那樣，但是實際上卻是後項的結論。也就是後項
的說明，是對前項既定事實的否定或是矛盾。後項一般為說話人的
意見、判斷的內容。書面用語。中文意思是：「雖然…但是…」。

例文A

ペットとはいえ、うちのジョンは家族の誰よりも人の
気持ちが分かる。

雖說是寵物，但我家的喬比起家裡任何一個人都要善解人意。

比較

● と (も) なると、と (も) なれば
要是…那就…、如果…那就…、一旦處於…就…

接續方法 {名詞；動詞普通形}＋と (も) なると、と (も) なれば

意思

【判斷】 前接時間、職業、年齡、作用、事情等名詞或動詞，表
示如果發展到某程度，用常理來推斷，就會理所當然導向某種結
論。後項多是與前項狀況變化相應的內容。中文意思是：「要是…
那就…、如果…那就…、一旦處於…就…」。

例文a

プロともなると、作品の格が違う。

要是變成專家，作品的水準就會不一樣。

「とはいえ」表示讓步，表示逆接轉折。強調「承認前項，但後項仍有不足」的概念。雖然先肯定前項，但是實際上卻是後項仍然有不足之處的結果。後項常接說話人的意見、判斷的內容。書面用語。「ともなると」表示判斷，強調「一旦到了前項，就會有後項的變化」的概念。前接時間、年齡、職業、作用、事情等，表示如果發展到如此的情況下，理所當然後項就會有相應的變化。

とはいえ【讓步】
例文A

ともなると【判斷】
例文a

🎧 Track 149

8 はどう (で) あれ
不管…、不論…

接續方法 {名詞} ＋はどう (で) あれ

意思1

【讓步】 表示前項不會對後項的狀態、行動造成什麼影響。是逆接的表現。中文意思是：「不管…、不論…」。

例文A

見た目はどうあれ、味がよければ問題ない。

外觀如何並不重要，只要好吃就沒問題了。

比較

● つつ (も)
儘管…、雖然…

接續方法 {動詞ます形} ＋つつ (も)

【反預料】 表示逆接，用於連接兩個相反的事物。表示雖說前項是事實，但還是出現了與預料相反的後項。中文意思是：「儘管⋯、雖然⋯」。

◆ 例文 a ◆

やらなければならないと思^{おも}いつつ、今日^{きょう}もできなかった。

儘管知道得要做，但今天還是沒做。

◆ 比較說明 ◆

「はどうであれ」表示讓步，表示前項不會對後項的狀態、行動造成什麼影響。是逆接表現。前面接名詞。「つつも」表示反預料，表示儘管知道前項的情況，但還是進行後項。連接前後兩個相反的或矛盾的事物。也是逆接表現。前面接動詞ます形。

はどうであれ【讓步】	つつも【反預料】
例文A	例文 a

🎧 Track 150

9 まじ、まじき
不該有(的)⋯、不該出現(的)⋯

意思1

【指責】 {動詞辭書形}＋まじき＋{名詞}。前接指責的對象，多為職業或地位的名詞，指責話題中人物的行為，不符其身份、資格或立場，後面常接「行為、発言、態度、こと」等名詞，而「する」也有「すまじ」的形式。多數時，會用 [名詞に；名詞として]＋あるまじき。中文意思是：「不該有(的)⋯、不該出現(的)⋯」。

女はもっと子供を産め、とは政治家にあるまじき発言だ。

身為政治家，不該做出「女人應該多生孩子」的不當發言。

〚動詞辭書形まじ〛〔動詞辭書形〕＋まじ。為古日語的助動詞，只放在句尾，是一種較為生硬的書面用語，較不常使用。

この悪魔のような犯罪者を許すまじ。

這個像魔鬼般的罪犯堪稱天地不容！

● べし

應該⋯、必須⋯、值得⋯

接續方法 {動詞辭書形} ＋べし

【當然】是一種義務、當然的表現方式。表示說話人從道理上考慮，覺得那樣做是應該的，理所當然的。用在說話人對一般的事情發表意見的時候，含有命令、勸誘的語意，只放在句尾。是種文言的表達方式。中文意思是：「應該⋯、必須⋯、值得⋯」。

外国語は、文字ばかりでなく耳と口で覚えるべし。

外文不單要學文字，也應該透過耳朵和嘴巴來學習。

◆ 比較說明 ◆

「まじ」表示指責，強調「不該做跟某身份不符的行為」的概念。前接職業或地位等指責的對象，後面接續「行為、態度、こと」等名詞，表示指責話題中人物的行為，不符其立場竟做出某行為。「べし」表示當然，強調「那樣做是理所當然的」之概念。只放在句尾。表示說話人從道理上考慮，覺得那樣做是應該的，理所當然的。用在說話人對一般的事情發表意見的時候。文言的表達方式。

🎧 Track 151

10 なしに (は) ～ない、なしでは～ない
(1) 沒有…不、沒有…就不能…；(2) 沒有…

接續方法 {名詞；動詞辭書形}＋なしに (は) ～ない、{名詞}＋なしでは～ない

意思1

【否定】 表示前項是不可或缺的，少了前項就不能進行後項的動作。或是表示不做前項動作就先做後項的動作是不行的。有時後面也可以不接「ない」。中文意思是：「沒有…不、沒有…就不能…」。

例文A

がくせい とど で がいはく
学生は届け出なしに外泊することはできません。

學生未經申請不得擅自外宿。

意思2

【非附帶】 用「なしに」表示原本必須先做前項，再進行後項，但卻沒有做前項，就做了後項，也可以用「名詞＋もなしに」，「も」表示強調。中文意思是：「沒有…」。

例文B

かれ ことわ か かん しごと やす
彼は断りもなしに、３日間仕事を休んだ。

他沒有事先請假，就擅自曠職三天。

● ぬきで、ぬきに、ぬきの

省去…、沒有…

接續方法 {名詞}＋抜きで、抜きに、抜きの

意 思

【非附帶】 表示除去或省略一般應該有的部分。中文意思是：「省去…、沒有…」。

例文 b

妹は今朝は朝食抜きで学校に行った。
いもうと　け　さ　ちょうしょく　ぬ　　　がっこう　い

妹妹今天早上沒吃早餐就去上學了。

◆ 比較說明 ◆

「なしには〜ない」表示非附帶，表示事態原本進行的順序應該是「前項→後項」，但卻沒有做前項，就做了後項。「ぬきで」也表非附帶，表示除去或省略一般應該有的前項，而進行後項。

🎧 Track 152

---

11 べくもない

無法…、無從…、不可能…

接續方法 {動詞辭書形}＋べくもない

【否定】表示希望的事情，由於差距太大了，當然是不可能發生的意思。也因此，一般只接在跟說話人希望有關的動詞後面，如「望む、知る」。是比較生硬的表現方法。中文意思是：「無法…、無從…、不可能…」。

例文A

うちのような弱小チームには優勝など望むべくもない。

像我們實力這麼弱的隊伍根本別指望獲勝了。

補 充

〔サ変動詞すべくもない〕前面若接サ行變格動詞，可用「すべくもない」、「するべくもない」，但較常使用「すべくもない」（「す」為古日語「する」的辭書形）。

比較

● べからず、べからざる

不得…（的）、禁止…（的）、勿…（的）、莫…（的）

接續方法 {動詞辭書形}＋べからず、べからざる

意 思

【禁止】「べし」否定形。表示禁止、命令。是較強硬的禁止說法，文言文式說法，故常有前接古文動詞的情形，多半出現在告示牌、公佈欄、演講標題上。現在很少見。禁止的內容就社會認知來看不被允許。口語說「てはいけない」。「べからず」只放在句尾，或放在括號（「」）內，做為標語或轉述內容。中文意思是：「不得…（的）、禁止…（的）、勿…（的）、莫…（的）」。

例文 a

「花を採るべからず」と書いてあるが、実も採ってはいけない。

雖然上面寫的是「禁止摘花」，但是包括果實也不可以摘。

◆ 比較說明 ◆

「べくもない」表示否定，強調「沒有可能性」的概念。表示希望的事情，由於跟某一現實的差距太大了，當然是不可能發生的意思。「べからず」表示禁止，強調「強硬禁止」的概念。是「べし」

的否定形。表示禁止、命令。是一種強硬的禁止說法，多半出現在告示牌、公佈欄、演講標題上。

🎧 Track 153

12 もなんでもない、もなんともない
也不是…什麼的、也沒有…什麼的、根本不…

接續方法 {名詞；形容動詞詞幹} ＋でもなんでもない、{形容詞く形} ＋もなんともない

意思1

【否定】用來強烈否定前項。含有批判、不滿的語氣。中文意思是：「也不是…什麼的、也沒有…什麼的、根本不…」。

例文A

しぼうこうごうかく
志望校合格のためなら一日 10 時間の勉強も、辛くもなんともないです。

為了考上第一志願的學校，就算一天用功十個鐘頭也不覺得有什麼辛苦的。

比較

● はまだしも、ならまだしも
若是…還說得過去、(可是)…、若是…還算可以…

接續方法 {名詞} ＋はまだしも、ならまだしも
{形容動詞詞幹な；[形容詞・動詞] 普通形} ＋ (の) ならまだしも

【埋怨】 是「まだ（還…、尚且…）」的強調説法。表示反正是不滿意，儘管如此但這個還算是好的，雖然不是很積極地肯定，但也還説得過去。前面可接副助詞「だけ、ぐらい、くらい」，後可跟表示驚訝的「とは、なんて」相呼應。中文意思是：「若是…還説得過去、（可是）…、若是…還算可以…」。

例文 a

<ruby>授業中<rt>じゅぎょうちゅう</rt></ruby>に、お<ruby>茶<rt>ちゃ</rt></ruby>ぐらいならまだしも<ruby>物<rt>もの</rt></ruby>を<ruby>食<rt>た</rt></ruby>べるのはやめてほしい。

倘若只是在課堂上喝茶那倒罷了，像吃東西這樣的行為真希望能夠停止。

◆ 比較説明 ◆

「もなんでもない」表示否定，用在強烈否定前項，表示根本不是那樣。含有批評、不滿的語氣。用在評價某人某事上。「はまだしも」表示埋怨，表示如果是前項的話，倒還説得過去，但竟然是後項。含有不滿的語氣。

🎧 **Track 154**

13 ないともかぎらない
也並非不…、不是不…、也許會…

接續方法 {名詞で；[形容詞・動詞] 否定形}＋ないとも限らない

意思1

【部分否定】 表示某事並非百分之百確實會那樣。一般用在説話人擔心好像會發生什麼事，心裡覺得還是採取某些因應的對策比較

好。暗示微小的可能性。看「ないとも限らない」知道「とも限らない」前面多為否定的表達方式。中文意思是：「也並非不…、不是不…、也許會…」。

例文A

泥棒が入らないとも限らないので、引き出しには必ず鍵を掛けてください。

抽屜請務必上鎖，以免不幸遭竊。

補　充

〔**前接肯定**〕 但也有例外，前面接肯定的表現。

例　文

金持ちが幸せだとも限らない。

有錢人不一定很幸福。

比較

● ないかぎり

除非…，否則就…、只要不…，就…

接續方法 {動詞否定形}＋ないかぎり

意　思

【**無變化**】 表示只要某狀態不發生變化，結果就不會有變化。含有如果狀態發生變化了，結果也會有變化的可能性。中文意思是：「除非…，否則就…、只要不…，就…」。

例文a

犯人が逮捕されないかぎり、私たちは安心できない。

只要沒有逮捕到犯人，我們就無法安心。

◆ 比較說明 ◆

「ないともかぎらない」表示部分否定，強調「還有一些可能性」的概念。表示某事並非百分之百確實會那樣。一般用在説話人擔心好像會發生什麼事，心裡覺得還有一些可能性，還是採取某些因應的對策為好。含有懷疑的語氣。「ないかぎり」表示無變化，強調「後項的成立，限定在某條件內」的概念。表示只要某狀態不發生變化，結果就不會有變化。

ないともかぎらない【部分否定】	ないかぎり【無變化】
例文 A	例文 a

🎧 **Track 155**

14 ないものでもない、なくもない
也並非不…、不是不…、也許會…

接續方法 {動詞否定形} ＋ないものでもない、なくもない

意思1

【部分否定】 表示依後續周圍的情勢發展，有可能會變成那樣、可以那樣做的意思。用較委婉的口氣敘述不明確的可能性。是一種用雙重否定，來表示消極肯定的表現方法。多用在表示個人的判斷、推測、好惡等。語氣較為生硬。中文意思是：「也並非不…、不是不…、也許會…」。

意文 A

お<ruby>酒<rt>さけ</rt></ruby>は<ruby>飲<rt>の</rt></ruby>めなくもないんですが、<ruby>翌日<rt>よくじつ</rt></ruby><ruby>頭<rt>あたま</rt></ruby>が<ruby>痛<rt>いた</rt></ruby>くなるので、あんまり<ruby>飲<rt>の</rt></ruby>みたくないんです。

我並不是連一滴酒都喝不得，只是喝酒後隔天會頭痛，所以不太想喝。

比較

● **ないともかぎらない**
也並非不…、不是不…、也許會…

接續方法 {名詞で；[形容詞・動詞] 否定形} ＋ないとも限らない

【部分否定】 表示某事並非百分之百確實會那樣。一般用在說話人擔心好像會發生什麼事，心裡覺得還是採取某些因應的對策比較好。看「ないとも限らない」知道「とも限らない」前面多為否定的表達方式。但也有例外，前面接肯定的表現如：「金持ちが幸せだとも限らない／有錢人不一定很幸福」。中文意思是：「也並非不…、不是不…、也許會…」。

例文 a

火災にならないとも限らないから、注意してください。

我並不能保證不會造成火災，請您們要多加小心。

◆ 比較說明 ◆

「ないものでもない」表示部分否定，強調「某條件下，也許能達成」的概念。表示在前項的設定之下，也有可能達成後項。用較委婉的口氣敘述不明確的可能性。是一種消極肯定的表現方法。「ないともかぎらない」也表部分否定，強調「還有一些可能性」的概念。表示某事並非百分之百確實會那樣。一般用在說話人擔心好像會發生什麼事，心裡覺得還有一些可能性，還是採取某些因應的對策為好。含有懷疑的語氣。

ないものでもない【部分否定】

例文 A

ないともかぎらない【部分否定】

例文 a

🎧 Track 156

15 なくはない、なくもない
也不是沒…、並非完全不…

接續方法 {名詞が；形容詞く形；形容動詞て形；動詞否定形；動詞被動形}＋なくはない、なくもない

【部分否定】表示「並非完全不…、某些情況下也會…」等意思。利用雙重否定形式，表示消極的、部分的肯定。多用在陳述個人的判斷、好惡、推測。中文意思是：「也不是沒…、並非完全不…」。

例文A

迷いがなくはなかったが、思い切って出発した。

雖然仍有一絲猶豫，還是下定決心出發了。

比較

● ことは～が

雖說…但是…

接續方法 {形容動詞詞幹な}＋ことは {形容動詞詞幹だ}＋が、{[形容詞・動詞] 普通形}＋ことは {[形容詞・動詞] 普通形}＋が

意思

【部分否定】前後用同一詞彙，表示雖然承認前面的事物，但還有不滿或相反的地方。後項是消極的事物。是一種態度不很積極的表現方式。中文意思是：「雖説…但是…」。

例文a

値段は安いことは安いんですが、味も相応です。

價錢雖然便宜是便宜，但味道也一樣平平。

◆ 比較說明 ◆

「なくはない」表示部分否定，用雙重否定，表示並不是完全不那樣，某些情況下也有可能等，無法積極肯定語氣。後項多為個人的判斷、好惡、推測說法。「ことは～が」也表示部分否定，用同一語句的反覆，表示前項雖然是事實，但是後項並不能給予積極的肯定。後項多為條件、意見及感想的說法。

なくはない【部分否定】

例文A

ことは〜が【部分否定】

例文a

¥288

MEMO

14 実力テスト

做對了，往☺走，做錯了往✗走。

次の文の＿＿＿＿にはどんな言葉を入れたらよいか。1・2から最も適当なものをひとつ選びなさい。

實力測驗
Q 哪一個是正確的？

1 いくら夫婦（　　）、最低のマナーは守るべきでしょう。
1. といえども　　2. としたら

譯　1. といえども：即使…也…
　　2. としたら：要是…那就…

2 暖かい（　　）、ジャケットが要らないというほどではないね。
1. とはいえ　　2. ともなると

譯　1. とはいえ：雖然…但是…
　　2. ともなると：要是…那就…

3 もっと早くから始めればよかった（　　）、だらだらしているから、間に合わなくなる。
1. ものを　　2. ものの

譯　1. ば〜ものを：可是…
　　2. ものの：雖然…但是…

4 お休みの（　　）お邪魔して申し訳ありません。
1. ものを　　2. ところを

譯　1. ものを：可是…
　　2. ところを：正…之時

5 彼と同じポジションに就くなんて望む（　　）。
1. べからず　　2. べくもない

譯　1. べからず：禁止…
　　2. べくもない：無法…

6 この状況なら、彼が当選し（　　）。
1. あるともかぎらない
2. ないともかぎらない

譯　1. あるともかぎらない：沒有這樣的表達方法
　　2. ないともかぎらない：也未必…

7 日本語でコミュニケーションがとれない（　　）。
1. ものでもない　　2. とも限らない

譯　1. ないものでもない：也並非不…
　　2. ないとも限らない：不見得不…

8 君のせいでこんな状態になって、謝ら（　　）だろう。
1. ないじゃおかない
2. ずにはすまない

譯　1. ないじゃおかない：不能不…
　　2. ずにはすまない：不能不…

答案：（1）1 （2）1 （3）1
（4）2 （5）2 （6）2
（7）2 （8）2

索引
Saku In

さ

し

す

せ

そ

た

つ

て

の

に

は

ひ

MEMO

直奔英雄 高階 日語
線上音檔 QR Code
水平翻倍的156個關鍵技巧
圖解 比較文法
N1

[25K＋QR Code]

吉松由美、西村惠子、田中陽子、林勝田、山田社日檢題庫小組◎合著

QR 必勝必學 01

■ 發行人／**林德勝**

■ 著者／**吉松由美、西村惠子、田中陽子、林勝田**

　　　　山田社日檢題庫小組

■ 出版發行／**山田社文化事業有限公司**

　臺北市大安區安和路一段112巷17號7樓

　電話　02-2755-7622

　傳真　02-2700-1887

■ 郵政劃撥／ **19867160號　大原文化事業有限公司**

■ 總經銷／**聯合發行股份有限公司**

　新北市新店區寶橋路235巷6弄6號2樓

　電話　02-2917-8022

　傳真　02-2915-6275

■ 印刷／**上鎰數位科技印刷有限公司**

■ 法律顧問／**林長振法律事務所　林長振律師**

■ 書＋QR Code／**定價　新台幣 340 元**

■ 初版／**2023年7月**

© ISBN : 978-986-246-769-5

2023, Shan Tian She Culture Co. , Ltd.